"创新报国70年"大型报告文学丛书

中国科学院 中国作家协会 中国科学技术协会 联合组织创作

草木葱茏

彭 程 著

浙江教育出版社·杭州

指导委员会、编辑委员会成员名单

今年是中华人民共和国成立70周年。70年时间，在历史的长河中如白驹过隙，但在中华民族的历史上却是浓墨重彩。中国人民在中国共产党的领导下，从苦难深重的旧中国站起来，在一穷二白的条件下富起来，在百年未遇的变局中强起来，中国特色社会主义事业取得了一个又一个巨大成就。

成立于1949年11月1日的中国科学院，始终与祖国同行、与科学共进——70年来，在党中央、国务院的坚强领导下，几代科学院人不懈努力、顽强拼搏，始终以"创新科技、服务国家、造福人民"为己任，为我国经济发展、社会进步、国家安全等诸多方面做出了重大贡献，成为党、国家、人民可以依靠和信赖的国家战略科技力量。70年峥嵘岁月，中国科学院产出了一大批创新报国的科研成果，涌现出一大批创新报国的先进代表和典型事迹，几代中国科学院人共同谱写了创新报国的华彩乐章。

"创新报国"是中国科学院的优良传统。无论是1965年在世界上首次人工合成牛胰岛素，抑或1988年北京正负电子对撞机首次对撞成功，还是2017年构建天地一体化广域量子通信网络，中国科学院人创新报国矢志不渝。以北京正负电子对撞机为例，邓小平在参观北京正负电子对撞机国家实验室时指出："任何时候，中国都必须发展自己的高科技，在世界高科技领域占有一席之地……高科技的发展和成就，反映了一个国家和民族的能力，也是一个国家兴旺发达的标志。"北京正负电子对撞机的建成，奠定了我国在粒子物理学领域的国际领先地位，是继"两弹一星"之后，我国在高科技领域的又一重大突破性成就。党的十八大以来，习近平总书记始终把创新摆在国家发展战略全局的核心位置，指出"科技是国家强盛之基，创新是民族进步之魂"。中国科学院发扬创新报国的优良传统，不辱使命，再立新功，从"中国天眼"、散裂中子源等重大科技基础设施，到"悟空"号暗物质探测器、"墨子"号量子实验卫星、"慧眼"硬X射线调制望远镜卫星等系列科学实验卫星，再到铁基高温超导、多光子纠缠、中微子振荡新模式、水稻分子育种、量子反常霍尔效应等基础前沿重大创新成果，都充分体现了国家战略科技力量的使命担当和实力水平。

"创新报国"是中国科学院人科学精神的集中体现。无论是扎根边疆、献身植物科学研究的蔡希陶先生，坚持实地调研、重视一手资料的地理学家周立三院士，还是时代楷模"天眼"巨匠南仁东先生、药理学家王逸平先生，他们都用毕生的科学实践诠释了求实、创新、奉献、爱国的科学精神。以南仁东先生为例，为了给"天眼"选址，他跋山涉水，在贵州的深山里奔波了12年；身为项目首席科学家兼总工程师，他淡泊名利，长期默默无闻工作在一线。我们要珍惜这些宝贵的精神财富，大力弘扬他们在科研工作中体现出来的科学精神和专业精神，营造良好的创新文化氛围，推动创新文化建设，增强广大科研工作者的历史使命感和责任感。

"创新报国"是中国科学院科学文化的核心理念。科学文化是影响创造性科研活动最深刻的因素，是科学家创造力最持久的内在源泉。基础研究和原始创新要求科学家具有勇于探索、敢为人先的创新精神，严谨认真、锲而不舍的治学态度，无私忘我、甘于奉献的崇高人格，不辱使命、至诚报国的伟大情怀。中华人民共和国成立之初，百废待兴、百业待举。竺可桢、吴有训等一批饱经战火洗礼的爱国科学家毅然选择留在新中国；赵忠尧、钱学森、郭永怀等一批优秀科学家纷纷放弃海外优厚的生活条件，克服重重阻挠回到祖国。在当时十分艰苦的条件下，他们以高度的爱国热忱投身于新中国的科技事业，积极参与新组建的中国科学院的建设，研制"两弹一星"，制定"十二年科技规划"等，使新中国许多空白领域得到填补，新兴学科得到发展。中国科学院70年的奋斗历程，始终依靠的就是这种文化和精神，我们必须珍视和弘扬。

　　"创新报国"对新时期我国科学文化建设具有重要意义。科学文化本质上是一套行为准则、社会规范和价值体系，包含科学知识、科学方法、科学思想、科学精神等方面。一方面，"创新报国"已经内化为我国科学文化的一部分。"服务国家、造福人民"不但是广大科技工作者的历史使命和社会责任，也是科技工作的出发点和落脚点。另一方面，科技工作者在具体的创新活动实践中，不断深化和丰富了科学文化的内涵。他们所取得的面向世界科技前沿、面向国家重大需求、面向国民经济主战场的创新成果，帮助我们进一步坚定了民族自信和文化自信，为科学文化建设提供了强有力的科技支撑。

　　五年前，出于提高全民族科学文化素养的共同责任，中国科学院、中国作家协会、中国科学技术协会前瞻性地部署了"创新报国70年"大型报告文学丛书项目，目的是聚焦"创新报国"的主题，回顾我国70年重大创新成就，展现杰出科技工作者群体风貌，倡导科学精神、奉献精神和创新精神，弘扬爱国主义、集体主义和理想主义。

　　五年时光，倏忽而逝。这期间，作家舟车劳顿、深入基层采风，审读专家埋首伏案、逐字逐句精心审读，中国科学院研究所同志翻检档案、提供支撑保障，中国作家协会、中国科学技术协会、中国科学院机关和工作团队的同志们鼎力支持、居间协调，浙江教育出版社的同志仔细审稿、严控质量。几许不眠夜，甘苦寸心知。而今，"创新报国70年"大型报告文学丛书首批作品即将付梓与读者见面，相信这批融合了科学与文化、倾注了心血与智慧的作品，这套向历史致敬、向时代献礼的报告文学作品，能让我们重温激情燃烧、砥砺奋进的70年岁月，进一步坚定执着前行、无悔奋斗的信念，去努力实现建成世界科技强国的美好梦想。

中国科学院院长、党组书记

白春礼

中国科学院学部主席团执行主席

2019年6月

目录

第一章　大树

Chapter One

《中国植物志》：一部巨著

在这本书中，它是真正的主角。

这本书介绍和描写的内容，涉及广阔的范围、众多的维度：人物和事件，历史与文献，丰富繁杂的学科知识，曲折漫长的科研历程……但不管是什么，在某种意义上，都可以说是因为它而产生，围绕它而展开，凭借和依托它而被组织在一起，成为一个有机的整体。

它仿佛是一块功能强大的磁石，把铁块、铁丝、铁屑等大小不一的铁磁性物质，都吸引聚拢起来。

它就是一部书，一部名为《中国植物志》的科学巨著。

我相信，每个人第一眼看到它时，都会产生一种震撼之感，惊叹不已。

我最早是从网上看到这部书的照片的。十几本大十六开本的分册，错落地摆放着，摆成螺旋状的造型，后面又竖直地摆放着一排，同样是十几册。墨绿色的封面，带着一种沉静、朴素而笃实的气势。为了写作这本书，我有选择地购买了其中的几册。视觉中的图像，变成了有重量和质感的实物。每一册都有几百页厚，托在手掌中，沉甸甸的。

当面对它的整体时，感觉又会不同。我是在中国科学院植物研究所的一间办公室中看到《中国植物志》全部126册图书的。它们被整齐地摆放在厚重结实的铁皮书柜中，有一种特别的气势，让人不由得肃然起敬。那是一种规模和体量十分巨大的事物才会带给人的感受，仿佛面对高山巍峨、大河奔流。

关于这部巨著，数字化描述或许更能够让人产生深刻印象，认识到它的不同凡响。下面是有关此书的一连串数字：

《中国植物志》是目前世界上最大型、种类最丰富的一部巨著，全书80卷，126册，5000多万字，9080幅图版；记载了我国301科、3408属、31142种植物的科学名称、形态特征、生态环境、地理分布、经济用途和物候期等。

该书的编研和出版是一个巨大的系统工程。该书基于全国80余家科研教学单位的312位作者和164位绘图人员80年的工作积累，历经45年艰辛编撰，才得以最终完成。这一协作规模，在世界上也十分罕见。

《中国植物志》摸清了我国的植物资源，它的出版为合理开发利用植物资源提供了极为重要的基础信息和科学依据，对陆地生态系统研究也起到了重大促进作用，对经济和社会的可持续发展更是具有深远影响。此外，在宣传和普及植物科学知识、提高公众对生物多样性的认识等方面，也都发挥着巨大作用。

不难想象，这是一个多么巨大浩繁的工程。多少人的心血，多少年的光阴，交融汇聚在一起，才有了这部巨著。

通常，人们喜欢用这句话来形容生命孕育的艰难：十月怀胎，一朝分娩。但对于这部巨著，我却觉得，这样的比喻未免还是显得过于单薄和纤弱了，不够分量。

那么，什么样的描写才算得上比较确切，差可比拟这一项事业的伟大和艰辛呢？一座坚固巍峨的千年宫殿的建造？一次徒步万里跋山涉水的长征？

想来想去，仍然不能感到满意。想到了一句话：与事物的真实质地相比，语言总是显得浮泛无力。

那么，还是老老实实地，从它的基本概念、基础知识说起，一步步地进入这个广阔的世界吧。

何谓植物分类学

《中国植物志》，是植物分类学的一部志书。

翻开这部书，就是走入了一门学科，一个令人目迷五色的神奇世界。

从这部书到这门学科，是一次逆向的行旅，就仿佛是从果实寻找种子，从结局回顾开端，从长江入海口回溯青海的源头沱沱河。

这样，我们首先就需要了解什么是植物分类学。

自古以来，植物就是人类赖以生存的物质基础和寄托情感的精神家园。人类对植物的认识，最早可以追溯到旧石器时代，人类在寻找食物的过程中，采集了植物的种子、茎、根、叶和果实。对它们的相关研究也从此开始，并逐渐产生了一个专门的学科：植物学。古希腊人泰奥夫拉斯托斯（Theophrastus）被视为植物学的创始人，在其著作《植物的历史》（也称《植物调查》）中对植物进行了分类。

作为一门古老的学科，植物学的研究对象主要包括植物的形态、分类、生理、生态、分布、发生、遗传、进化等，目的在于开发、利用、改造和保护植物资源，让植物为人类提供更多的食物、纤维、药物、建筑材料等资源。

植物分类学，是植物学的一个重要分支，是在研究植物变异的基础上对其进行分类、鉴定和命名，进而探讨不同植物之间亲缘关系的一门学科。可以说，它是开展植物学研究的基础学科。只有分类科学准确，研究才有扎实基础，就好比只有道路正确，才能够抵达目的地。

分类、鉴定、命名，是植物分类学的主要内容。

分类：对各种植物的特征和性质进行比较、分析、归纳，使之分门别类，并按照植物的发生、衍化规律进行有序的排列。

鉴定：对所收集到的植物，根据植物分类学的基础理论知识，通过查阅资料，与已知植物种类进行比较分析，最后确定该植物的正确名称以及属于哪一植物类群。

命名：按照国际植物命名法规给予植物符合要求的名称。

介绍了基本概念，接下来就要进入更具体的环节，了解植物是如何分类的。

首先，也还是要面对一系列的概念。

按照经典植物分类学的定义，最大的概念是界。界居于最高的分类位阶，地球上的众多生物，其实就分为五个界：动物、植物、原核生物、原生生物、真菌。

在整个植物界中，依范围大小和等级高低，植物分类的各级单位依次是门、纲、目、科、属、种。每个等级内，如果种类繁多，还可细分为一个或两个次等级，如亚门、亚纲、亚目、亚科、亚属、亚种等。

为了便于理解，不妨想象这样一幅画面：整个植物界仿佛是一棵大树，高大粗壮的主干上，生长出众多的树枝，每一树枝上又生出不少分叉，分叉上又延伸出更小的分叉……

从上面的排列中，不难看出，物种是植物分类学上的基本单位，同种植物的个体起源于共同的祖先，具有相似的形态特征，能自然交配产生遗传性状相似的后代，有近似的生态环境条件，有一定的自然分布区。

也可以反方向，从低到高，从小到大，用逆向的方式，给植物分类：如果是亲缘相近的种，则归类为同一属；相近的属，则归类为同一科；相近的科，则归类为同一目……以此一步一步、一层一层地上推，直至把所有植物归类为植物界。这就像是走楼梯一样，一级一级地走，直到走到最上面的阶梯。

听上去是不是有些复杂？其实换一种方式，结合日常生活打个比方，可能更易于理解，虽然不是很精确。一种植物的归类，就仿佛地球上的某一个具体地点，按照行政区划，从大向小，一路排列下来：洲—国家—省—市—县—乡—村。或者，更微观一些，可以是一个城市中的住处的详细位置：城区—街道—小区—楼号—单元—楼层—房间。

还是举一些具体的例子来说明吧。

花卉为人们所喜爱，它们为风景增添了美，给生活带来了快乐。它们大多属于被子植物门，这一门中的植物都是绿色开花植物。根据种子、花叶、根系和叶脉的区别，花卉又分为双子叶植物和单子叶植物。现在选取人们熟悉的两种花，说明它们在分类上所属的各级单位。

芍药——

　　界：植物界；

　　门：被子植物门；

　　纲：双子叶植物纲；

　　目：虎耳草目；

　　科：芍药科；

　　属：芍药属；

　　种：芍药。

百合——

　　界：植物界；

　　门：被子植物门；

　　纲：单子叶植物纲；

　　目：百合目；

　　科：百合科；

属：百合属；

种：百合。

通过这种方式，植物学家就给每一种植物建立起了各自的身份档案。这样的划分，有极强的规律性。植物世界的丰富和奇妙，也在这样的分类中，获得了细致的体现。

植物分类学，也是人类利用植物资源和保护植物资源的基础学科。要利用植物资源，就需要建立起植物分类学的知识体系。迄今为止，自然保护、农业、林业、医药、园艺、海关等众多行业，均离不开植物分类学。

一门学科的简史

介绍植物分类学，就不能不说到这一门学科的历史。

当然，考虑到这本书的性质，这里仍然只是做一些入门级的、必不可少的介绍，并尽量用通俗易懂的方式，以期让大多数对此领域毫无了解的读者，读后能够有一种大致的认识。对那些过于深奥的专业性内容，过于烦琐的枝节脉络，只好避开不谈。

对植物进行分类的历史，与人类认识和利用植物的历史一样悠久。在不同历史时期，由于认识水平的不同，对植物分类的出发点和方法也不同，因而出现了不同的分类系统。英国植物分类学家杰弗里（C. Jeffery）在他于1982年出版的《植物分类学入门》一书中，将植物分类学的历史划分为三个时期。他的观点，为业界所公认。因此，下面的分期基本上也是依照他书中的见解。

一、人为分类法时期

自远古时期至1753年，人们对植物的认识，主要是围绕它们的用、食、药的功能而展开。这个漫长的阶段，被称为民间分类学或本草学阶段。

在我国，古书《淮南子》中就提到"神农尝百草之滋味，一日而遇七十毒"。古代药书《神农本草经》，已记载了植物药365种，分为上、中、下三品：上品为营养的和常服的药，共120种；中品为一般药，共120种；下品为专攻病、毒的药，共125种。这是我国最早的本草学书。此后各个朝代都有本草学书出版，但以明朝李时珍的《本草纲目》最为著名。该书共收集药物1892种，其中植物药有1195种，分成草部、谷部、菜部、果部和木部，每部又分成若干类，如草部分成山草、芳草、湿草、毒草、蔓草、水草、石草、苔草和杂草，木部则分为乔木、灌木等6类。虽然仍从实用角度出发，但已大大前进了一步，在世界上产生了很大影响，1659年被博埃姆（M. Boym）翻译成拉丁文，取名为*Flora Sinensis*《中国植物志》。

另一部影响很大的著作，是清代吴其濬的著作《植物名实图考》。这部书记载了我国1714种植物，分为谷、蔬、山草、隰草、石草、水草、蔓草、芳草、毒草、群芳、果、木12类。

以这两部著作为代表的分类方法，主要是从应用角度和植物的生长环境出发来划分种类，没有考虑到从植物自然形态特征的异同来划分种类，更看不到植物之间的亲缘关系。

无独有偶。在这个阶段，西方人采用同样的思路，给植物分门别类。如亚里士多德（Aristotle）的学生泰奥弗拉斯托斯（Theophrastus），著有《植物的历史》等书，记载了480种植物，并根据形状特征，粗略地分为乔木、灌木、半灌木、草本四类。此外，他已经知道了有限花序和无限花序、离瓣花和合瓣花之分，并注意到了子房的位置，这在当时是很了不起的认识，后人称他为"植物学之父"。

到了公元1世纪，希腊军医迪奥斯科里迪斯（Dioscorides）写成了《医学材料》一书，描述了近600种植物，被认为是最早的本草学书。13世纪，日耳曼人马格纳斯（Magnus）注意到了子叶的数目，创造了单子叶和双子叶两大类的分类法。

整个中世纪，欧洲处于黑暗时代，几乎没有植物学书籍。直到16世纪，本草学研究在西方才又开始恢复和发展起来，人为分类法快速发展，主要根据形态、生长习性和经济用途等性状进行分类，但这种研究仍然以植物是上帝创造的为出发点，属本草学的范畴。本草学者布隆非尔（Brunfels）第一个以花之有无，将植物分为有花植物和无花植物两大类。格斯纳（Gesner）指出植物分类最重要的依据应该是花和果的特征，其次才是茎和叶，并提出了"属"的见解。另一位学者德伊洛斯（de l'Eluse）最早提出了"种"的见解。

人为分类法的特点，是从人类需要和实用角度出发，通俗易懂，简单实用，便于指导生产。所以它是"人为的"。

二、自然分类法时期

这一时期，又分为两个阶段。

（1）机械分类阶段

自17世纪以来，随着科学技术的发展，人们对生物界的认识水平也进一步提高。在1600年，人们知道大约6000种植物，而仅仅过去了100年，植物学家又发现了12000个新种。植物的形态解剖特征逐渐被认识，并被作为分类的依据。到了18世纪，对生物物种进行科学的分类变得极为迫切。

这个时期，一个极具代表性的植物分类学家是林奈。他的两部里程碑式的重要著作，标志着近代植物分类学进入成熟阶段。

卡尔·冯·林奈（Carl von Linné），1707年5月出生于有"北欧花园"之称的瑞典斯科讷地区的罗斯胡尔特拉，他的父亲是一位乡村牧师，对园艺非常爱好，一有空闲，就精心侍弄花园里的花草树木。幼时的林奈，受到父亲的影响，十分喜爱植物，他曾说："这花园与母乳一起激发我对植物不可抑制的热爱。"因为喜欢树木花草，8岁时，他就被邻居们称为"小植物学家"。在小学和中学，林奈的学业不突出，只是对树木花草有异乎寻常的爱好。他把大部分时间和精力用于到野外去采集植物标本及阅读植物学著作。

从1727年起，林奈先后进入隆德大学和乌普萨拉大学学习。在大学期间，林奈系统地学习了博物学及采制生物标本的知识和方法，并充分利用大学的图书馆和植物园，学习植物学。

1735年后，他游历欧洲多国，拜访著名的植物学家，收集了大量的标本。1738年，林奈回到瑞典，在母校乌普萨拉大学任教，著书立说，直到1778年去世。

林奈所处时代的生物学家、博物学家带回世界各地的动植物，并根据自己的喜好，给它们命名。由于没有一个统一的命名法则，造成颇为混乱的现象，主要体现为三个方面：一是一物多名，或异物同名；二是名字冗长；三是用不同的语言文字命名，给理解交流带来了障碍。

1735年，林奈出版《自然系统》一书。在此书中，他首先提出了以植物的生殖器官进行分类的方法。他依据雄蕊和雌蕊的类型、大小、数量及相互排列等特征，将植物分为24纲、116目、1000多个属和10000多个种。植物分类学中纲、目、属、种的分类概念，是林奈的首创。

1753年，林奈发表《植物种志》，采用双名法，用拉丁文来为植物命名。其中第一个名字是属的名字，要求用名词；第二个是种的名字，要求用形容词。属名和种名共同组成学名，都用斜体字母。林奈规定学名必须简化，以12个字为限。某些种名的后面，可加上发现者（命名者）的姓氏的缩写，用正体字母，以纪念这位发现者，也有让其对发现负责的意思。例如，银杏树学名为*Ginkgo biloba* L.，其中*Ginkgo*是属名，是名词；*biloba*是种名，是形容词；L.则是命名者林奈的姓氏缩写。

林奈用这种方法给植物命名，后来也用同样的方法给动物命名。这样就使得术语统一，资料清楚，便于整理，利于交流。林奈的植物分类方法和双名制命名法，被各国生物学家所接受，植物王国的混乱局面也大为改观，变得井然有序。

作为近代生物学特别是植物分类学的奠基人，林奈的贡献无疑是极为杰出的，他因此被后人尊称为"分类学之父"。

这一时期的分类研究特点，是从本草学向分类学过渡，但其分类依据基本上还是停留在植物的最主要的形态性状上，由此出发对某种具体的植物做出界定。从思维所具有的特征看，主要还是属于机械的思维方式，对研究对象的认识，是基于事物本性固定不变、遵循相同的规律这一前提。

（2）自然分类阶段

从18世纪末，到1859年达尔文发表《物种起源》，这大半个世纪的时间，被称为自然分类阶段。随着当时科学的发展，人们对植物的认识越来越广泛和深入，许多学者指出18世纪前植物分类系统和分类方法的漏洞，并努力寻求反映自然界客观植物类群的分类方法，从多方面的特征进行比较分析。在这种思想指导下建立的分类系统，被称为自然系统。

法国植物学家裕苏（A. L. Jussien）于1789年在《植物属志》中发表了一篇文章，将植物分成无子叶、单子叶、双子叶三大类，并认为单子叶植物是现代被子植物的原始类群。他因此成为自然系统的奠基人。比较有名的还有瑞士植物学家德堪多（de Candolle）提出的系统，以及英国的本瑟姆（Bentham）和胡克

（Hooker）于1862—1863年提出的系统。后者虽然在达尔文《物种起源》发表之后，接受并支持达尔文学说，但该系统和前两个系统具有继承性，总体上没有大的改变，仍归入自然系统。

这个时期的特点是，从林奈的分类系统到达尔文的进化论的诞生，植物学家的分类原则已经开始转向以植物形态的相似程度，来决定植物的亲缘关系和系统排列。这种分类中有了明显的自然的因素。

三、系统发育分类时期

1859年，达尔文在《物种起源》一书中提出了生物进化学说，认为任何生物都有其起源、进化和发展的过程，物种是变化发展的，各类生物之间有或近或远的亲缘关系。

植物学家受到启发，提出现代的植物都是从共同的祖先演化而来的，系统分类要考虑植物的亲缘关系，要按性状的演化趋势来进行分类，使分类系统更接近自然。这样的分类被称为系统发育分类。

植物的原始类群和进化类群各自具有的形态特征问题，长期以来成为植物分类学家研究的重点、争论的焦点。从具体操作来说，这种分类方法通常是通过比较植物的各器官的形态特征来进行区分。其中，花的特征是一个最主要的区分标志。尤其是关于被子植物的"花"的来源，意见分歧最大，众说纷纭，并形成两个主要学派，即德国的恩格勒（Engler）系统和英国的哈钦松（Hutchinson）系统。它们又分别被形象地称为

"假花学派"和"真花学派",或者称为"柔荑学派"和"毛茛学派"。

恩格勒系统是分类学史上第一个比较完整的自然分类系统。巨著《植物自然分科志》将植物界分成13门,前12门为孢子植物,第13门为种子植物。这一学派认为无瓣花、单性花、风媒传粉是原始的特征,有瓣花、两性花、虫媒传粉是进化的特征。它将单子叶植物放在双子叶植物之前,将柔荑花序类植物(胡桃科、壳斗科、木麻黄科等)当作被子植物中最原始的类型,而把毛茛科、木兰科等的植物看作是经过进化的类型。这个系统使用时间长,影响较大。许多国家的大的植物标本馆和植物志,都是按照恩格勒系统编排的。

在我国,多数植物研究机构和大学生物系标本馆,以及出版的分类学著作是按照恩格勒系统第11版进行排列的,《中国植物志》就是如此。其他还有《秦岭植物志》《内蒙古植物志》《河北植物志》《北京植物志》等。

同样是从花着眼,哈钦松系统的见解却和上面恰恰相反。这个系统是英国植物学家哈钦松在1926年和1934年先后出版的两卷《有花植物科志》中提出的。这一学派认为,离瓣花较合瓣花更原始,两性花比单性花更原始;毛茛科、木兰科是被子植物中最原始的类型,是被子植物演化的起点,所以排在系统的最前面;单子叶植物起源于双子叶植物的毛茛目,因此将单子叶植物排在双子叶植物的后面。

和恩格勒系统相比，哈钦松系统在世界上较少使用，但在中国受到了相当的重视，如华南植物研究所、昆明植物研究所等单位的植物标本馆，都是按照这个系统对标本进行排列的。这几个研究所编写的《广东植物志》《海南植物志》《云南植物志》等，也都采用了这个系统。

当然，这两派的学说，都有因难以自圆其说而不被认同之处，或者后来被证明是谬误的地方，它们各自也都对自己的理论做过修订。像恩格勒系统，在1964年出版的《植物分科志要》第12版中，就对原系统做了一些修订，将单子叶植物纲移到双子叶植物纲的后面，把植物界分为17门，被子植物独立成为被子植物门。

尽管各派的具体看法经常不同，但这个时期分类学研究却有着鲜明的共性，那就是它们都是通过植物性状的演化趋势，来推测植物的亲缘关系，从而建立起自然分类系统。

以上便是历史上植物分类学研究的三个阶段。林奈之后的阶段，都属于近代植物分类学的范畴。

通过上面的介绍，我们大体上可以得到一个印象：长期以来，植物分类学偏重以植物器官的外部形态特征，来作为分类的依据。主要的分类工作是采集标本，根据植物营养器官和生殖器官形态的差别进行分类和命名，编写世界各地的植物志，以及致力于建立一个能反映自然发展实际的分类系统。

掌握这样的背景知识，有助于对《中国植物志》这部属于经典植物分类学的志书产生一个较为明晰的认识。在这部巨著中，对植物的分类，基本上是按照上述近代植物分类学的原理和方式来进行的。

不过若从整个学科着眼，也还是很有必要了解一下植物分类学研究的现状和发展趋势。

20世纪40年代以来，科学的发展，特别是生态学、细胞学、生物化学、分子生物学的发展，有力地推动了经典植物分类学的发展，使其不再满足于和停留在描述阶段，而向着客观的实验科学方向发展。

细胞学的资料已越来越被分类学家所重视，如染色体的数目和形态（核型分析）、孢粉形态等被作为分类的依据，解决了分类中的大量疑难问题。

化学分类学是利用植物化学的特征作为分类的依据。人们发现植物形成各种化学成分的遗传变异和植物科、属系统的演化是基本一致的。一定类别的化学成分常分布在一定的植物科属中，可以解决种属的亲缘关系。

数学的思维方式和计算机的使用，使统计分析大量的性状资料成为现实，从而产生了数值分类学。数值分类学的建立，对系统学、分类学的许多工作方法、步骤和概念产生了很大的影响。

物种生物学（实验分类学）、居群遗传学以及居群生态学中居群思想和实验方法的引入，使植物系统进化的研究进入了新的阶段。人们对物种种间关系、变异、分化与适应有了新的认识，植物分类学取得了很大进展。

尤其进入20世纪60年代后，分子生物学方法上的突破，给植物系统发育研究注入了新的活力。分子系统学通过对生物大分子（蛋白质、核酸等）的结构、功能等的进化研究，来阐明生物各类群之间的谱系发生关系，相对于经典的形态系统分类研究，由于生物大分子本身就是遗传信息的载体，含有庞大的信息量，且趋同效应弱，因而其结论更具可比性和客观性。

这些内容，对于并非从事专业研究的人来说，未免过于复杂和艰深了，简略谈到而已，不做更多的阐发。总之，植物分类学既是一门古老的学科，又是一门不断发展中的学科。细胞学、化学和分子生物学等新学科的出现，也进一步补充了以前的各类分类资料。但同时也需要认识到，形态学和解剖学的知识仍然是现代分类学的基础，只有将传统的方法与现代科学的知识和手段相结合，才能不断拓展研究空间，取得新的成果。

植物分类学的作用

植物分类学既是一门科学学科，也是一种具有广泛应用性的知识体系。掌握植物分类学的知识，在生产和生活的众多方面都可以大有用场。

这里仅仅举出几个方面的例子，略做说明。

可以防止外来有害植物物种入侵。

随着人类活动流动性的加强，一些原本生长在特定区域的有害植物物种，被有意无意地带入其他地区。这些外来物种迅速滋长蔓延开来，夺取本应属于当地植物的阳光、空间和养料，对生态环境造成了严重的破坏，并造成了重大经济损失。如今天在我国许多地方都能见到的薇甘菊、水葫芦、紫茎泽兰等，就都是这一类的外来有害物种。

以被称为"植物杀手"的薇甘菊为例。薇甘菊原产于南美洲，是一种具有超强繁殖能力的藤本植物。在南美洲，有多达160多种昆虫和菌类是薇甘菊的天敌，制约着其生长，使其难以形成危害。一旦薇甘菊侵入新的地区，没有了天敌，它便会迅速疯长。它在气候温暖、雨量充沛的条件下生长快速，攀上灌木和乔木后，能迅速形成整株覆盖之势，使其他植物因光合作用受到破坏窒息而死，可造成成片树木枯萎死亡，形成灾难性后果。它被列为世界上最有害的100种外来入侵物种之一。

在我国，薇甘菊最早曾于1919年在香港出现，1984年在深圳又被发现，后传播至整个珠江三角洲地区，广东全省薇甘菊分布面积达51万亩。目前，我国北纬24度以南的热带地区都是薇甘菊的分布区，包括两广、云南、海南等地的广阔区域，每年都造成巨大的生态损失。

下面这一组数据虽然陈旧了些，但仍然能够说明其危害的严重程度：深圳是广东遭受薇甘菊侵害的重灾区，2007年的受灾面积约8万亩，2008年进一步蔓延到10万亩，不少林荫道、公园、自然保护区都发现了薇甘菊的踪迹。据专家推算，2007年薇甘菊给深圳造成的生态经济损失达到2700万元，2008年超3000万元。

2014年10月，生态文学作家李青松到广东、海南多地采访，目睹了薇甘菊的疯狂生长情况和产生的危害。在纪实作品《薇甘菊——植物"杀手"入侵中国》中，他形象地描绘了一幅幅可怖的画面，读来令人心惊：

广东江门新会著名的"小鸟天堂"已有薇甘菊入侵，面积

95亩。薇甘菊继续向大榕树逼近，像是怀着什么阴谋和企图，无人知晓。广东惠东县白花镇长沥村，沟谷间的香蕉园几乎被薇甘菊全部毁灭。蕉叶如同肮脏的破布，或耷拉着，或横卧地上。香蕉园的主要空间都被薇甘菊占领了。路边的桉树林也遭受薇甘菊缠绕，所幸桉树高大，一时半会儿还不会被缠死。我相当费力地把一棵树体上紧紧缠绕的薇甘菊撕扯下来，才发现薇甘菊已经把树干勒进去很深的凹槽了，如同木匠的凿子凿过一般。

惠东县城附近，多处果园薇甘菊疯长。荔枝、龙眼、柑橘被薇甘菊缠绕覆盖。一辆废弃的汽车上全是薇甘菊，已经不见车体轮廓。一木材加工厂的角落，薇甘菊攀墙而入，进入院落后，呈扇面摊开四处蔓延。

如果实施严格的检疫措施，防止外来有害物种通过携带、货运等各种方式进入境内，就可以避免出现这些恶果。即使侵入了境内，如果采取强有力的措施加以清除剿灭，也有望大幅度地降低危害。事实上，它的蔓延与人们对其缺乏了解有密切关系。因为不了解，不问不闻，不管不顾，才导致了这样的局面。因此，不论是防还是治，都需要掌握植物分类学的知识。薇甘菊的大面积蔓延，已经是严酷的事实，要想根治十分艰难。这是一个沉痛的教训，希望类似的悲剧，今后不要再通过其他有害植物物种重演。

刑事侦查也需要植物分类学的知识。

在刑事案件的侦查活动中，经常可以从作案现场、犯罪嫌疑人、被害人、遗留物及作案工具等中发现有微量的植物物证附着。这类物证的范围很广，通常可以提取到的有木屑、树叶、树皮、种子、果皮、花粉孢子等植物残片。这些微小的物证不易被作案人发现和销毁，通过对这些植物物证的提取和检验鉴定，能够确定植物的名称以及它们的地理分布、生长季节、物候期等信息，因此，可为侦查工作提供嫌疑人的作案地点、缩小侦查范围，甚至可以确定作案嫌疑人。

1997年，在新西兰的克赖斯特彻奇，一名年轻女子被人拖入一条小巷强奸，过后她向警方报案。很快，一个与她描述的外貌特征相符合的犯罪嫌疑人被拘留。这个嫌疑人承认曾在该地区出现，但声称他只是停下来帮助她。警方未能从嫌疑人身上找到有说服力的犯罪证据，但发现他的衣服上有污渍。他声称，这些污渍是他修理汽车时沾上的。警方没有轻信，把他的衣服收作证据，并把有污渍的布料送到新西兰政府地质调查所的孢粉学实验室里。在强奸现场的小巷里，路的一侧是一排开花藜蒿丛，这是一种原产于地中海地区的植物，在新西兰会当作观赏植物来种植。其中一些植株好像是在打斗中被折断或压平了。犯罪嫌疑人的衣服上有大量花粉颗粒和土壤的混合物，其中77%是蒿属花粉。调查人员排查了嫌疑人家附近和其他区域，均找不到任何蒿属植物。在对犯罪嫌疑人的审讯中，一位植物专家作为证人呈上了花粉证据，犯罪嫌疑人罪名成立，被判8年有期徒刑。

近年来，随着植物DNA检测技术应用于公安破案，警方对目标范围的确定，精确度大为提高，同时避免了大量的无效劳动。DNA条形码技术是一种通过标准的DNA片段鉴定物种的新技术，已成为近年来生物学研究热点之一。在中国科学院植物研究所系统与进化植物学国家重点实验室采访时，一位研究人员给我讲了一个他们配合公安机关破案的故事。有一次，北京市某公安部门在辖区内发现了一具无名尸体，现场没有任何可以判定其身份的有效信息。经过解剖，从尸体肺部发现多年积存的花粉遗留物。花粉是天然生物聚合物，具有高度抗腐烂性，甚至可以从几百万年前的固体岩石中提取。这些尘埃般细微的颗粒很容易钻进衣服、头发、鼻腔和指甲里，以及那些被害人或犯罪者的肚子里，因此人们可以从花粉中提取DNA，做出更加精确的测定。植物研究所对这些花粉遗留物进行了鉴定，发现产生这种花粉的植物生长在广东、广西、福建和海南四省，这样就大大缩小了搜索范围。

从植物研究所标本馆有关资料中可以了解到在数十年中应用植物分类学知识解决问题的更多事例。标本馆在服务科研和承担科普任务之外，也时常向国家执法部门（公安、检察、法院、海关等）、企业以及个人提供植物标本、植物样品鉴定服务。

20世纪50年代，抗美援朝战争中，美军在朝鲜北部和我国东北的丹东地区空投了一些携带病菌的树枝、玩具，一些儿童捡拾后很快患病。在战争中使用细菌武器，严重违反国际法，我国对此提出了强烈抗议，美方则一口否认。当时中国科学院植物研究所刘慎谔、吴征镒、胡先骕、林镕等收集了这些树枝、树叶，通过植物分类法，鉴定出它们属于金缕梅科枫香属植物美洲枫。美洲枫只生长在北美，病菌的载体物只能来自北美。在这个强大的证据面前，美国人再也无法抵赖了。

20世纪60年代初，中国和印度边境关系十分紧张，并最终发展成为一场冲突。在此之前，中国每年都从印度进口大量的印度萝芙木，它的根可以提取生物碱，其主要有效成分利血平，能够治疗高血压。不难想象，两国冲突影响了此项贸易，但高血压患者离不开这种药，何况患者越来越多。因此，国家组织有关人员，在国内广阔地域中寻找这种植物，解决药用资源紧张问题。这项任务落在了分类学家蒋英的头上。他根据印度萝芙木生长地的经纬度和气候，到具有类似的地理气候条件的云南省南部地区考察，发现这里不仅生长着印度萝芙木，还有中国萝芙木和云南萝芙木等种类，其中，中国萝芙木不仅具有同样的药用价值，而且副作用远远小于印度萝芙木。通过大量种植，这些中国本土植物很快满足了制药需求。

数十年前，苏联的一次飞船返回地球的过程中，航天器因故落到了远离预定着陆点的荒凉的无人区。这次事故，带来了一个新的问题：航天员如何获得野外生存的能力？从此，各国都开始对航天员进行野外生存训练，其中一项内容就是野外常见植物识别。在这项课程中，航天员要根据地球上的沙漠区、寒冻区、海洋区、热带丛林区、干旱草原区等地理分区，对各个区域中的主要可食用植物、有毒植物和药用植物进行识别训练。

2002年的一天，大兴安岭某个偏僻的林场的几位农民，向当地公安部门报案，他们怀疑有人种植毒品。原来不久前，几个陌生人来到林场，雇用他们，在林间约50亩的土地上播撒了植物种子。植物发芽后，他们觉得形状很陌生，从来没有见到过，有人怀疑这些植物是不是和毒品有关，越想越怕，商量之后就报了案。当地公安部门也无法判定，便上报给国家禁毒委员会。国家禁毒委员会派人过去查看，但是也不能确定，因为当时这些种子刚长成还是只有2片子叶的幼小植物。于是，有关人员就采集了样本带回北京，送到了植物所标本馆。根据幼苗与植物所标本馆所收藏罂粟幼苗标本和植物显微解剖结构的比较，确定就是罂粟。按照当时刑法规定，种植罂粟50棵以上就要量刑，而当地农民受骗栽种的罂粟达到了50亩！从这件事情，国家禁毒委员会认为很有必要让执法者和民众对毒品原植物有所认识，便组织专家编写了《毒品原植物形态图谱》一书，广为发行，起到了遏制毒品原植物生产的效果。

还有一个与植物分类相关的有趣故事。一位记者到一家饭馆吃火锅，感觉香味非常浓郁。他的警惕性很高，联想到曾听人说过，有些不良店家为了吸引顾客，往汤中放少量罂粟壳，这样味道就会格外鲜美。于是他怀疑锅里的褐色果实为罂粟，便取出一份拿到标本馆鉴定。工作人员观察外观形态并做了解剖，告诉他这种果实肯定不是罂粟，因为有两点不符合其应有的特征。第一，在果实的顶端没有扁平盘状体；第二，果实里面的种子也没有呈现粒状，而是表面有蜂窝状结构。从外观看，这种植物属姜科，有可能是草果类，它们多生长在南方，也可作为香料来调味。

当今社会生活中，有关经济纠纷的案件很多。北方某芦荟研究所兴建了一座大型温室，在其中种植了很多芦荟。根据协议，由一家热电公司提供热能。但是，由于热电公司的失职，热能供应中断了一段时间，导致芦荟全部冻死。芦荟研究所向热电公司提出索赔，法院在确定赔偿数额时，一个重要的依据就是所种植的芦荟的品种，便将标本拿给标本馆鉴定。经鉴定，确定分别为美国库拉索芦荟和南非皂质芦荟，属于相当名贵的品种。法院根据这一凭证，判决热电公司赔偿上千万元。

中药材一向很受欢迎，也给某些不法分子提供了可乘之机。他们制造模具，用萝卜、薯蓣等冒充何首乌、人参、龟头果等名贵药材进行欺诈，外表上很难看出来。北京海淀区公安局曾经抓获一名贩卖"龟头果"的商贩，为给该案定性提供准确依据，公安人员携"龟头果"样品来标本馆鉴定，工作人员经认真比对，判定样本并非龟头果，而是壳斗科植物烟斗柯，揭穿了骗局。

随着时代的发展，出现了不少新的产业，像新资源食品的开发就方兴未艾。如芦荟、仙人掌、金花茶、枇杷叶、丹凤牡丹花等就是植物资源类食品。这一类食品的生产，需要向国家相关部门申请和备案。但确定是否属于新资源产品，是否有开发的前景，主要还是需要植物所相关机构来加以鉴定，给出评价。

此外，有一些特定的人员，如探险者、特种部队士兵等，尤其需要具备野外生存的本领，其中就包括了解野生植物的种类和用途。有不少电影故事片，以及一些野外生存的真人秀电视节目，都形象地描绘了食物断绝的主人公如何通过食用野生动物或植物来维持生命，摆脱了绝境。

以上也只是举例说明，还有很多方面没有提及。总而言之，了解和掌握植物分类学的知识，大有用处。

什么是植物志

了解了植物分类学的基本概念、简要历史脉络，以及它在科研、生产和生活中的重要作用，接下来就可以谈一谈植物志了。

植物志是植物分类学的专著，力求完整记载某一国家或某一地区的植物种类。像《中国植物志》，就是一部记载生长在中国国土上的植物的志书。植物志所记载的内容，包括植物名称（学名、通用名和别名）、文献引证、形态特征、产地、生态习性、地理分布、经济意义等，并有分科、分属和分种检索表，科、属、种的描绘及形态插图等。

植物志就像是庞大植物家族的"户口簿"和"档案册"，是了解一个地方的植物资源的最基本、最翔实、最权威的科学资料。

举例为证。譬如人人都知道的苹果树，在《中国植物志》第36卷第381页，是这样描述的——

乔木，高可达15米，多具有圆形树冠和短主干；小枝短而粗，圆柱形，幼嫩时密被绒毛，老枝紫褐色，无毛；冬芽卵形，先端钝，密被短柔毛。叶片椭圆形、卵形至宽椭圆形，长4.5—10厘米，宽3—5.5厘米，先端急尖，基部宽楔形或圆形，边缘具有圆钝锯齿，幼嫩时两面具短柔毛，长成后上面无毛；叶柄粗壮，长1.5—3厘米，被短柔毛；托叶草质，披针形，先端渐尖，全缘，密被短柔毛，早落。伞房花序，具花3—7朵，集生于小枝顶端，花梗长1—2.5厘米，密被绒毛；苞片膜质，线状披针形，先端渐尖，全缘，被绒毛；花直径3—4厘米；萼筒外面密被绒毛；萼片三角披针形或三角卵形，长6—8毫米，先端渐尖，全缘，内外两面均密被绒毛，萼片比萼筒长；花瓣倒卵形，长15—18毫米，基部具短爪，白色，含苞未放时带粉红色；雄蕊20，花丝长短不齐，约等于花瓣之半；花柱5，下半部密被灰白色绒毛，较雄蕊稍长。果实扁球形，直径在2厘米以上，先端常有隆起，萼洼下陷，萼片永存，果梗短粗。花期5月，果期7—10月。

辽宁、河北、山西、山东、陕西、甘肃、四川、云南、西藏常见栽培。适生于山坡梯田、平原旷野以及黄土丘陵等处，海拔50—2500米。原产欧洲及亚洲中部，栽培历史已久，全世界温带地区均有种植。

本种是著名落叶果树，经济价值很高。全世界栽培品种总数在一千以上。我国现在栽培的重要品种有自欧美直接输入者，也有自日本转来者，也有自己培育成的新品种。早期栽培的中国苹果品种有片红、彩苹、白檎等，属于早熟种，不耐储藏，经久质变，俗称绵苹果。河北、山西、陕西、甘肃等地有小量生产。近期传入中国的苹果，俗称西洋苹果，系在1870年开始引入烟台，以后在青岛、威海卫以及辽宁、河北等地陆续栽培。现在我国苹果的生产以辽宁的熊岳、大连、金县，河北的昌黎、秦皇岛，山东的烟台、龙口、青岛等地为重点产区。早熟品种有黄魁、红魁、金花、早生赤，中熟品种有祝、旭、金冠、优花皮，晚熟品种有红玉、国光、白龙、元帅、香蕉等。河北出产的香果或名虎拉车可能为本种与花红的杂交种。

任何一门学科，都有自己专属的语汇系统。以上就是《中国植物志》中对"苹果树"这样一个具体的植物词条的概括描述。同时，仅仅有文字是不够的，图片具有不可替代的价值。当前这个网络时代，有一句流行语就是"无图无真相"。其实，在植物学界，这从来就不是一个问题。一部标准的植物志，每介绍一种植物时，都需要配上一张到数张该种植物的图片，这是最基本的编写规则。所以，植物志书籍中有大量的配图。《中国植物志》自然也是这样。

编纂植物志，是植物分类学的基本工作，可以促进植物类群的细胞分类学、化学分类学、分支分类学、分子分类学等学科的深入研究，为有关植物的正确鉴定提供工具书，还为生物多样性研究和植物资源开发、利用提供科学依据。

植物资源是国家的重要财富。国家要发展经济，可持续地开发和利用植物资源，必须弄清植物的种类和组成，这就需要编研、出版国家或地区的植物志。

因此，看一个国家的植物分类学研究的水平，一个最直接和有效的方法，就是看这个国家的植物志书的编纂和出版情况。在一些科学研究发达的国家，早在两个世纪前，就编写出版了大量的植物志书。

无论从哪个方面看，幅员辽阔、资源丰富的东方大国中国，都应该有一部自己的植物志书，给华夏大地上众多的草木花卉，绘制一幅完整的画卷。

编纂出版植物志书，通常是一项耗时耗力的工程，特别是那种大型植物志书籍，往往要投入数十载光阴。《苏联植物志》用了25年，《东非热带植物志》用了65年，《巴西植物志》用了66年。这都还算是比较快的。还有些植物志虽然花费了多年的时间和精力，却仍未完成，如《马来西亚植物志》用了60多年，仅完成了三分之一。

《中国植物志》的成书，经历了70个春夏秋冬、寒来暑往。

它仿佛是一棵参天的巨树，有着漫长的生长期。四代中国科学家心血的浇灌，让它生根抽芽，枝繁叶茂，开花结果，成就了一个壮美的奇观。

第二章　播种

Chapter Two

百年夙愿

由中国人自己来编写一部《中国植物志》，是几代中国植物学家的夙愿。

中国的植物分类学研究，必须要从民国时期说起。这是一棵大树的种子开始埋下的时候，是一幢楼宇建造之初的深挖地基，是一幅巨型画卷上的第一根线条。

中国幅员辽阔，地理环境复杂多样，是世界上少数拥有热带—温带—寒带连续广阔地带的国家，孕育出极其丰富的植物资源。中国人利用植物资源由来已久，农书、本草典籍向称发达，但先民视野仅局限在与人类生活相关的种类，还有大量植物未能被很好地认识。中国丰富的野生植物资源，为西方植物学家所羡慕，对这些植物进行近代分类学研究，也是从他们开始的。

从16世纪末开始，就有英、法、德等国家的相关人员来到中国，调查植物资源，采集植物标本，搜集苗木、种子等，带回自己国内，收藏在各大植物园或自然历史博物馆，供研究之用。到20世纪40年代，已经先后有16个国家、共约200人来过中国。他们之中既有植物学家，也有探险家、外交官、传教士、教师、园艺家、海关职员、军官、职业采集人、商人等，足迹遍及了各个省区，甚至深入当时常人去不到的地方。他们共采集近100万号植物标本、上千种植物苗木和种子，新发现与新记录植物上万种、新属158个。他们对从中国带回的珍贵植物进行研究，将大量原种模式、标本留下，并用自己国家的文字，命名他们发现的新的属和种，收获科学发现的荣誉。

然而这一切，却没有中国人的份，难免让人感到不平，甚至屈辱。但在当时，实在也是无可奈何。一方面，进入近代以来，资本主义生产方式的发展，推动了科学技术的研究和应用，使科技在西方世界获得了迅猛的发展；而曾经长时间作为世界科学活动中心的中国，自明代以后，由于封建专制统治对思想的钳制、根深蒂固的小农经济、落后的教育制度等因素，近代科技的发展严重受阻，与当时先进国家的差距急剧加大。另一方面，晚清以后，中国长期处于积贫积弱的状态，国运凋敝，列强欺凌，内忧外患交织，人民生活于水深火热之中。一些涉及生死存亡的重大而急迫的事务都无力解决，科学研究这类事情，自然更难以受到应有的重视。因此一直到20世纪初，近代植物学在中国还是一片空白。

这是一个落后衰弱的民族的悲哀。

1842年，丧权辱国的《南京条约》签订。清政府消极的闭关锁国政策，在西方列强坚船利炮的威逼之下，越来越难以维持下去。随着国门的开启，西方文化开始传入中国。清政府中的开明派官僚发起了洋务运动，旨在通过引进西方军事装备、生产机器和科学技术，挽救摇摇欲坠的统治。这一运动的成果之一，便是西方科学技术著作被大量翻译成中文。

中国第一本近代植物学的翻译图书，是1858年由上海墨海书馆出版的《植物学》，由一位浙江的数学家、翻译家李善兰和一位在上海的英国传教士威廉森合作编译。此书主要根据英国植物学家林德利的《植物学纲要》（1830）编译而成。书内的"植物学"及其他许多植物学名词，都是根据近代科学含义，结合我国古代植物文献的名词，第一次较准确地译出。如萼、花瓣、心皮、子房、胎座、胚乳等，分类群等级"科"以及石榴科、蔷薇科、豆科、伞形科、菊科等。可惜，此书当时没有引起注意，发表后半个世纪，中国都没有开展过近代植物分类学的采集与研究活动。但此书却引起了日本人的重视并被采用，且一直沿用下来。直到清末变法，企图效法日本明治维新的道路，派遣大量学生赴日留学，这门"西洋实学"才受到重视，也和不少其他学科一样，又从日本转手介绍到我国。

19世纪末至20世纪初，在武汉、南京、北京等地开办的高等学堂，已开始讲授植物学课程。例如，1893年湖北自强学堂首次设立植物学课程。分类学知识在一些传播自然科学的刊物上得到介绍，但大多属于科普译文性质，如钱崇澍翻译的《生命论》（1915），胡先骕在1915年到1918年之间发表的几篇《说文植物古名今证》和有关译作等。

京师译学馆博物学教授和农事试验场场长叶其桢编著的《植物学》一书，于1907年出版，印刷精美，其中第四篇专论植物分类学，其下又分25章，介绍分类学方法和各大类群植物。他在该书最后"中国之植物区系"部分中写道："自南至北，其间植物，不知其几千万种，既查明者仅三千余种高等植物而已。"清楚地表达了对中国植物丰富性的认识。

在上海商务印书馆1915年出版的《东方杂志》上，介绍了"植物采集法""植物标本制作法""植物记载法"等植物分类的研究方法；该馆1918年出版了杜亚泉主编的《植物学大辞典》，参加编著的还有留学日本的大学毕业生黄以仁等13人。全书1590页，附图1002帧，记载植物1700余种，每种植物有中文名、拉丁文学名、日文名，有的还有德文名，指明所属科属，并有形态描述、用途及讨论。此书很可能是模仿日本植物图鉴编写，曾广为传布，并多次再版。

以上资料表明，这个时期的中国近代植物分类学正处于孕育阶段，而植物标本的采集和研究工作的正式的、成规模的开展，是从20世纪20年代开始的。

20世纪初中国的贫穷羸弱，让大量爱国青年备感屈辱，意气难平。他们怀着科技救国的梦想，走出国门，走向世界，到欧美国家，到东瀛日本，到这些当时的先进国家学习科学技术，期待着用学到的知识报效祖国，摆脱被人称为"东亚病夫"的耻辱，让祖国真正立于世界民族之林。随着他们一批批学成回国，许多近现代的科学学科也被引入中国，同时也开始成立了一些科学组织和机构，并创建起相关的科研机制。

包括植物学在内的现代意义上的中国生物学，就是由留美学者秉志、胡先骕、邹秉文等人开创的。

1921年，第一届受退还庚子赔款资助赴美的留学生秉志回国，执教于南京东南大学，与几年前学成回国的胡先骕一起，在该校创办生物系，这是中国大学中的第一个生物系。第二年又创办中国科学社生物研究所，这家民办科研机构，也是中国最早的生物学研究机构。该研究所设有动物部和植物部。植物部由胡先骕担任主任，研究人员有留美归来的钱崇澍、陈焕镛等，旨在探明长江流域的植物资源种类，为编纂中国植物志书做准备。

中国地域辽阔，植物种类众多，单单一个研究机构，显然难以担负如此重大的使命。因此，在中国科学社生物研究所的积极倡导下，全国各地都创办了类似的研究机构，并根据所在区域，进行了研究对象的分工——

1928年，在北平设立静生生物调查所，以建所前去世的中国生物学早期赞助人范静生的名字命名，所长由在南京主持中国科学社生物研究所工作的秉志兼任，由胡先骕代理所长职责，致力于华北及云南地区的植物研究；

1929年，在南京设立中央研究院自然历史博物馆，其中设有植物部，研究对象为长江流域及西南地区的植物；

1929年，在广州设立中山大学农林植物研究所，陈焕镛任所长，研究对象为广东、广西及海南岛植物；

1933年，在重庆北碚，设立中国西部科学院生物研究所，主要调查、采集和研究四川植物；

1934年，在江西庐山，设立庐山森林植物园；

1934年，在广西梧州，设立广西大学植物研究所；

1938年，在云南昆明，设立云南农林植物研究所；

…………

以上这些研究机构，或者是从中国科学社生物研究所派生出去的，或者是由参与过该研究所的筹备工作的人员所主持，其前后经过、分合关系颇为复杂，很难也不必详细展开介绍，但它们基本上都是属于留美学人创建的。

同时，中国植物分类学研究的队伍中，也有另外一支人马。

1929年，留法学者刘慎谔在北平主持北平研究院植物学研究所。该所位于北平天然博物院内，其主楼名为陆谟克堂，是用法国退回的庚子赔款所建，为了纪念法国生物学家陆谟克。该所致力于华北、西北地区的植物研究，并于1936年在陕西武功建立西北农林植物调查所。

和同时期的中国科学社、静生生物调查所等机构不同，这是一家国立的研究机构。民国时期，凡是由中央政府兴办的事业，都被冠以"国立"之名，像国立中央研究院、国立北平研究院、国立清华大学等。

不长的时间内，多家植物学研究机构纷纷建立。各机构在各自领军人物的带领下，采集标本，发表新种，编写所在地区的植物名录、植物志等，取得良好成绩，在国际学术界也获得了声誉。包括植物学在内的生物学，在日本发动全面侵华战争之前，成为民国时期的发达自然科学学科，令人瞩目。

在这个时期，我国植物分类学的研究成果之一，是一系列植物名录的编纂，如《江苏植物志略》（吴家煦，1914）、《中国树木志略》（共29篇，陈嵘，1917—1923）、《广东植物名录》（韩旅尘，1918）、《江苏之菊科植物》（郑勉，1918）、《江苏植物名录》（钱崇澍、祁天锡，1919—1921）、《湖南植物名录》（辛树帜、曾锡勋，1919—1922）、《浙江植物名录》（胡先骕，1921）、《江西植物名录》（胡先骕，1922）、《北京野生植物名录》（彭世芳，1927）等。到20世纪30年代及以后，各地的植物名录就更多了。

20世纪20年代特别是30年代后，学者们还编纂了一些图谱、地方植物志等。比起名录来，它们是更为深入的研究成果。如《中国经济树木》（陈焕镛，1922）、《陕西渭川植物志》（刘安国，1924）、《直隶植物志》（汝强，1927）、《中国植物图谱》（胡先骕、陈焕镛，1927、1929、1935、1937）、《中国蕨类植物图谱》

（共2卷，胡先骕、秦仁昌，1930、1934）、《河北习见树木图说》（周汉藩，1934）、《中国北部植物图志》（共5册，刘慎谔主编，1936）、《中国树木分类学》（陈嵘，1937）、《中国森林植物志》（卷1，钱崇澍，1937）等。

走向山野

植物学教学和研究的对象及其基础是植物。植物标本的采集，是植物分类学研究的前提和基础。

在一个地区采集标本后，对标本进行鉴定分类，列成名录，进而编纂成图谱或植物志，这是分类学研究的第一步。然而，当时十分缺乏模式标本和文献资料，高等学堂生物系进行教学的腊叶标本，还多是从日本购进的。这显然不利于研究工作的开展。

中国植物学研究的两大机构，静生生物调查所和北平研究院植物学研究所，自成立之日起，就高度重视标本采集，并在长达二十多年的时间中，各自付出了大量的劳动，也都有着丰硕的收获。

早在东南大学任教期间，胡先骕就深刻地认识到，中国植物学虽然不发达，但可供研究的材料极多，很容易取得成果。但当时全靠欧美各国的学者采集研究，实在是中国人的耻辱。

由于标本采集及整理工作普遍落后，当时国内中等学校的博物教师，经常为不能鉴定植物的学名而头痛，而要解决这个问题，大学植物系责无旁贷。为此胡先骕大力组织教师和学生到各地进行标本采集，数年后他到北平静生生物调查所任职后，也始终将此视为第一要务。

北平研究院植物学研究所所长刘慎谔，对此同样也有着深切的认识。他在受聘回国开创研究所事业之初，胸中就已经勾勒出了这项工作的清晰轮廓。从研究所成立伊始，他身体力行，带头一次次到山林田野中采集标本。随着时光推移，采集者们越走越远，探究的地域范围越来越广，甚至多次把足迹印在西域和南亚的广袤土地上。

这实在是一项十分浩大的工程，年头漫长，线索繁多，难以给予详尽准确的梳理和介绍。撇开具体过程不谈，只提一下作为成果的这些数字吧：

从1928年成立到1948年，二十年间，静生生物调查所从华北、东北、四川、云南等地共采集到种子植物及蕨类植物的腊叶标本约15万号，淡水藻类、菌类标本共约3.5万号。

比静生生物调查所晚成立一年的北平研究院植物学研究所，到1948年，共采集到标本15万号。

历经抗日战争和国内战争的战火，不少标本遗失或损坏了，殊为可惜。下面提到的这些标本，都是躲过劫难得以幸存下来的，它们在1949年后，被中国科学院植物所标本室收藏保存，并有档案记录。

来自静生生物调查所的标本采集情况为：

王启无自20世纪20年代末到1934年在河北采到1万余号，1931—1936年在云南采到2万余号，1939—1941年与刘瑛在云南东南采到2万余号；

唐进1929年在山西采到9000号；

李建藩1929年在河北采到1万号；

汪发缵1930—1931年在四川西部采集到1000号；

蔡希陶率领陆清亮、常麟春、邱炳云等人组成云南生物采集团，1932—1933年在云南采到2万号；

俞德浚1931—1933年在四川西部，1937—1938年在云南西北，共采到2.4万余号；

刘瑛1935—1936年在河北，1938—1941年在云南西南和中部，1942年在湖南采集；

秦仁昌1939—1940年在云南西北采集；

…………

来自北平研究院植物学研究所的标本采集情况为：

刘慎谔1931—1934年在内蒙古南部、甘肃、新疆克什米尔、印度北部采到4500余号，1935年在山东、1938—1939年在四川峨眉山及四川北部采到2600号，1940—1946年在云南采到1万号；

郝景盛1930年在四川北部、甘肃南部、青海东部，1932年在河南、陕西采集；

夏纬瑛1930—1940年在北京、内蒙古、宁夏、甘肃采集；

孔宪武1931年在吉林、黑龙江东南，1933—1937年在秦岭采集；

刘继孟1931—1934年在河北、山西，1936年在陕西、甘肃，1939年在河南南部采集；

王作宾1933—1934年在陕西太白山、内蒙古，1935年在湖北西部采集；

傅坤俊1937年在甘肃南部、四川西北部采集；

钟补求1937—1938年在陕西南部采集；

林镕1942—1945年在福建采到标本数千号；

…………

在采集过程中，许多人都发现了新的属和种。如王启无根据他所采来的标本发现了3个新属：木兰科的拟单性木兰属，萝藦科的胡氏茶药属，毛茛科的毛茛莲花属。

可以说，每一份标本，都渗透了先辈们的血汗。

从20世纪初到1949年的40多年中，据不完全统计，全国共采集了高等植物标本约80万号（其中苔藓类约2万号，蕨类约8万号），代表了2万余种植物，几乎遍及全国各地，在15个省市的植物学研究机构及大学建立了27个标本室，为我国开展植物分类学、植物地理学以及其他分支学科研究创造了基本条件，也为植物学教学提供了丰富的材料。

他们的辛勤努力，成就了许多地方植物志书，也为《中国植物志》的编纂打下了十分坚实的基础。

远方的轮廓

1933年8月，在重庆北碚，中国植物学会成立。

学会的成立，可谓瓜熟蒂落，水到渠成。此前数年，植物学研究得到了迅速的发展，成为民国时期中国科学的重镇，并赢得了国际声誉。无论是研究者队伍的壮大，还是研究成果的获取，包括标本采集的数量，都堪称相当可观。

1934年8月，在江西庐山，召开了学会成立后的第一届年会，胡先骕当选为会长。

这次年会具有标志性的意义。

正是在此次会议上，胡先骕有一个编纂中国植物志的提案。他提出："现在国内治植物分类学者渐众，理应着手编纂《中国植物志》，拟征求植物分类学者同意，凡编纂各科植物专志者，应同时编纂中国志之该科，并共同选举总编辑人，总持编纂事务，至于发刊，曾与国立编译馆商定，由该馆负担。"

会议讨论并认可胡先骕的提议，决定"由本会通知植物分类学者征求意见"。

此次会议，可以看作是着手编纂《中国植物志》的开始，是梦想之光第一次明亮地照射在地面上，是目标在天际显现出的轮廓，虽然遥远而模糊，但没有人怀疑它的真实性。

但是，会议之后，这项提议并没有立即得到组织实施，仅就相关研究者的研究范围，进行了一个大致的分工。这并不奇怪，每个与会者心里都明白，当时的情况是标本不足，文献稀少，财力匮乏，交通不便，手段落后，远远不具备立即实施这一宏大工程的条件。能够明确地提出这个目标，就已经很了不起了。

当时，全国从事植物分类学研究的共有一百来人。

我记得许多年前，为了更好地欣赏达·芬奇的画作，我去查阅资料了解他的生平，不禁为他多方面的成就惊愕不已。他除了是美术大师，还在音乐、建筑、数学、几何学、解剖学、生理学、动物学、植物学、天文学、气象学、地质学、地理学、物理学、土木工程等领域都有显著的成就。但进一步了解之后，又觉得并不奇怪了。因为在他生活的十五六世纪，科学的整体水平还很低，甚至比不上今天一位中学生需要掌握的水平，科学知识体系也还是处于一种综合的状态，学科间的界限十分模糊，一个人可以穿行驰骋于不同的学科领域。

但进入近现代以来，就完全不同了。科学研究领域越来越呈现出分工的高度专业化、精细化。即使是同一门学科中，也发展出不同的研究方向，仿佛一棵树，先长出树干，又不断分蘖出新的枝条。许多研究者都是穷其一生，倾注心力于某一个特定的领域，仿佛是树上的某一根树枝，甚至是某几片树叶。

下面所列出的这些名字，都是植物分类学领域知名的甚至顶尖级的专家。他们中的大多数在植物学会成立之时，就已经开始了他们的专业研究工作，有的人当时就已经名声斐然。其后数十年间，他们仍然在各自的研究领域，孜孜矻矻，耕耘不息——

秦仁昌：蕨类植物；

胡先骕：安息香科、桦木科、榆科、山龙眼科、山茶科；

陈焕镛：壳斗科、樟科、苦苣苔科；

郑万钧：裸子植物；

汪发缵、唐进：百合科、兰科、莎草科；

耿以礼：禾本科；

俞德浚：蔷薇科、秋海棠科；

方文培：槭树科、杜鹃花科；

何景：五加科；

单人骅：伞形科；

陈封怀：报春花科；

蒋英：番荔枝科、夹竹桃科、萝藦科；

裴鉴：马鞭草科、薯蓣科；

吴征镒：唇形科、罂粟科；

周太炎：十字花科；

钟补求：玄参科、桔梗科；

侯宽昭：茜草科；

林镕、张肇骞：菊科；

匡可任：胡桃科、杨梅科；

孔宪武、简焯坡：藜科、蓼科；

…………

对他们来说，每个人所关注的每一个具体的植物科属，都是一个极为广阔的世界，有着无穷的奥秘。他们把自己的生命交付给漫长的时光，像田野中的农夫，勤恳地劳作，用心血和汗水，换来一次次收获，一次次喜悦。

风雨如晦

中国植物学研究原本良好的发展态势，却被一场飞来横祸给打断了。

日本帝国主义发动的全面侵华战争，给中华民族带来了深重的灾难。国土沦丧，山河破碎，战火绵延，生灵涂炭，科学研究事业遭受到严重的破坏，植物学研究自然也难以幸免。

为了保存中华民族文化和教育的精华，使之免遭灭顶之灾，华北和东南沿海地区的大批高校和一些科研院所历经千难万险，进行战略转移，辗转迁徙到西南大后方。

静生生物调查所除了少数人员留守已经沦陷的北平，设法保护标本外，大部分人员迁到昆明、江西等地。北平研究院植物学研究所则迁到了陕西武功。但这两个机构千辛万苦多年积累起来的大量植物标本、图书资料，却有不少在逃难途中损失了。

战争的影响是多方面的。研究机构获得的经费锐减，支付过打了折扣的微薄薪金后，已经所剩无几，致使许多工作无法开展，科研项目及规模不得不大量缩减。另外是人才上的损失。大学无法正常地招生和上课，造成了植物分类学人才的断代，严重地影响了研究工作的进行。这样的背景下，编纂《中国植物志》自然难以提上日程。

但在整个抗战期间，即使环境那么险恶，条件那么艰苦，植物学家们出于对祖国的热爱，对科学的忠诚，仍然以坚韧不屈的精神，努力克服困难，尽其所能地创造条件，勤奋工作，并且取得了可观的成就。

南迁的静生生物调查所，在昆明成立了云南农林植物研究所，除了继续静生生物调查所先前未完成的植物采集调查外，还致力于对云南农林植物的栽培和实验，为地方经济服务。截至1942年，云南农林植物研究所收集的各种植物标本"计已达十万余号，新异种类，无虑数百"；作为云南省植物全志编纂工作的组成部分，云南树木志稿及昆明植物志稿均在撰写中；胡先骕、郑万钧《云南树木志新种》《中国森林植物之研究》《中国西南部产木兰科之新种》，郑万钧、吴征镒《胡氏木属之研究》，俞德浚《西南各省之秋海棠属之植物志》，都是这一时期植物分类学方面的重要学术成果。抗战时期，云南农林植物研究所实际上成了当时的"中国植物分类研究中心"。

西迁陕西武功的北平研究院植物学研究所，也有属于自己的丰硕成果。早在北平沦陷之前，该所就与当地的西北农林专科学校合作，建立了西北植物调查所，聘请刘慎谔担任所长。数年间，研究所先后组织多批人员，分赴陕西秦岭、四川大巴山、山西太行山、甘肃岷山、鄂西等地采集，并编纂《太白山植物图志》等。从他们发表的论文的题目，《黄河志经济植物篇》《华山植物之研究》《陇南经济植物调查》等等，就可以想象到它们的内容和价值。他们的不少工作，具体到一种植物科属，一处县域的植物种类，如《中国西北悬钩子属之研究》《川康及湖北之樟科植物》《广汉农林植物志》《城固柑橘类》《行道树》等等。

所有这些工作，因为都是在艰难的战时环境中开展的，也就更为可贵，它们也都为日后《中国植物志》的编写积累了材料，奠定了基础。

1945年8月15日，日本宣布无条件投降，中华民族做出巨大的牺牲后，终于迎来了抗战的胜利。战事结束，各个高校和研究机构纷纷回迁原地，恢复战前的工作。当时交通运输十分紧张，为了将静生生物调查所和北平研究院植物学研究所的人员、设备和大量植物标本尽快运回北平，胡先骕和刘慎谔费尽周折，想方设法，给政府要员致信求助，其间的千辛万苦，难以详述。

但战争造成满目疮痍，难以在短时期内得到恢复。各研究机构研究条件比战争之前差了很多，经费极为拮据。好不容易申请到的费用，又经常难以落实，到手的也往往大打折扣。更加不幸的是，国家元气尚未恢复，很快又陷入长达数年的解放战争，本来就举步维艰的科学研究事业，更是雪上加霜。

这期间，发生了这样一件事情。1947年，美国国家研究委员会愿意出资，与中方合作编纂《中国植物志》，请胡先骕担任主要负责人。此事经中央研究院评议会决议，由中央研究院植物所、北平研究院植物学研究所及静生生物调查所合组成立《中国植物志》编委会，并与美方制定了详细的编撰办法。但此时，内战方酣，社会极不稳定，民生凋敝，通货膨胀严重，此项合作最终没有能够实施。

即便不是时势不利导致计划流产，这种方式也遭到一些中国植物分类学家的反对。当时担任复旦大学农学院院长的钱崇澍就慷慨陈词：我国的植物志，必须由中国人自己编写，不能由外国人写。因为按照计划，他们要携带全部中国植物的标本，到美国与美国科学家联合编写《中国植物志》。强烈的民族自尊心，让他们难以接受这种带有屈辱色彩的安排。他们要在自己国家的土地上，完成这一事业。

风雨如晦，鸡鸣不已。这期间，更值得我们关注的是科学家们在逆境中坚韧奋斗的意志和行动。

刘慎谔曾经这样勉励门生：

值此时局如风雨飘摇之际，人心恐惧散乱之秋，吾人只有认清职守，确定方针，领导一部工作人员，从事学术追求，精神方有寄托，结果始收实效。

他说这段话时，是1948年1月。当时解放战争正是最为激烈的时期，但研究所的研究工作却未曾中断。只要生活稍有保障，他就继续不懈地投身学术研究事业。

在致弟子王云章的信中，刘慎谔写道：

吾人当以工作为生命线（第二生命），一切均得由无法中设法，不能专门依靠或等待政府来发展。吾人之事业，所谓有钱能作，无钱亦能作，不过多钱可以多作，无钱只有少作。而植物分类一道，睁眼便是学问，举步即是植物，工作在此，乐趣在此，吾人一日不死，工作即一日不停，如此工作视嗜好，亦可视为岗位，亦古称忠君，今称忠职。职无大小，人无轻重，以此赴公，公无不成，名无不就。同仁果能抱此奋勇，所无不治；国人果能具此信念，国无不强。兄之所以言此，盖亦愿与同仁共以进勉之也。

也许，这些诚恳笃实工作的人，更习惯于将深挚的情感埋藏起来。但这样的寥寥数语，也足以反映他们当时的感受和愿望。在那些艰难的时日里，他们内心中都在盼望着，政府能够提供必要的条件，能够让他们潜心研究，以丰富的科研成果报效祖国。

1948年6月，刘慎谔接受北平七家新闻机构的采访时，就北平研究院植物学研究所的处境和愿望，有过这样的回答：

一、工作范围：以植物分类学为中心，间亦涉及分布、病理及应用植物之研究。

二、图书：约有五千册。此中困难为在抗战数年当中未买书，故对战前已存定期杂志，多半是有一尺至二尺长的"窟窿"补不起来。而政府之外汇对我们管制甚严，去年纵然分到一批二百美金的外汇，但亦只是添补十本普通书籍的代价。至若日本遗留下的刊物，同美国赠送的礼物，因为我们不是近水楼台，根本不能希望。现在我们挣扎的方式，只好是跑跑北平的旧书摊，来收购些零星书籍，或者是用我们自己的刊物，甚至是用我们自己的标本来换取些国外杂志。最近我们使用一千号标本置换到一套价值四十英镑的刊物，这好像也是以货易货的古风。

三、标本：估计有十五万号。困难之点，一在运输，一在整理。运输的困难，因为我们战前的标本尚有二百余箱，存放甘陕，而甘陕与北平之陆地交通，始终未正式恢复。假如政府肯关心帮忙，有二三飞机，也就装来。不过现在还是不能使用暴涨的飞机，由自己慢慢的设法，一点点的运，运到何时能运完，不晓得。整理的困难，是已经在做有十年来未整理的标本，估计起来总有七八万号，加上重份标本，有十多万号。此中手续繁杂浩大，不知哪年哪月才能整完。收藏标本从前是贴在磅纸上，现在是夹在废报纸内。论及此项报纸的需要，亦得数千斤，但是现在花着数万元一斤的废报纸，几十斤几十斤的买，还买不起又买不到。从前标本消毒的方法是使用升汞，依此法是将一磅升汞漫入五加仑之酒精内，可消千份标本之毒，现在因为用不起，所以大部标本还没有消毒。

四、人员：现在政府配给的工额，本所只有九人，全部拿来采标本不足用，全部拿来制标本，亦不足用，何况标本采得制完还得研究。所以研究分类的工作，需要一种工厂式的做法，人数要多，我们希望一百人，至少亦要五十，但是现在只有十几人，等于一个家庭的数目与力量。如此我们的工作，天天要想同外国比较与追逐，简直是万分困难。

五、经费：我们的经费是停止在每月几百万元之数，只抵五美金，现在要增加，还未领到。偶然分到的扩充改良费，亦只有几千万元，整个合起来，恐不足公务员一人之待遇，全年的经费跑一回南京就会用完。我们希望政府的外汇统制对学术机关应该开放一点。

六、研究：我们续出的刊物原有本所丛刊及北方植物图志二种，在抗战时期，全部停止。现在止已勉强开始恢复本所丛刊一种。另外，关于福建、贵州、四川搜集之材料，均拟设计编辑专书。比较新奇之发现，有匡可任先生的胡桃科活化石、汪发缵先生薯蓣科的新属，林镕先生指导的赵修谦先生发现苔草科在中国之存在，并有一新属，本人在黑穗菌内，亦拟成立一新属及一新科。

七、希望：希望政府提倡科学，拿出实际的人力与财力，不能依靠口号与心理；希望政府当局提倡科学，不能忽略自然界的研究，因为商以工为本，工以农为本，而农为自然科学的应用；希望政府当局提倡科学，使用佛家"无我"或"无我们"的精神，放弃世俗"唯我"或"唯我们"的主张；希望政府当局提倡科学，应增加学术机关人员的名额，否则今年有若干万之大学毕业生无出路，不但足以引起社会之不安，而如此推沿下去，中国的科学家亦将有绝种之虑。

　　这几段话，将中国科学家与科学事业的窘迫境地，具体形象地揭示了出来。发展科学是强国富民的根本举措，现代国家都是大力倡导和兴办，但在当时的中国，情势却令人极度失望。

　　1948年9月9日，是北平研究院成立19周年的纪念日。在当天召开的有关会议上，担任物理所所长的严济慈，就谈到了时局对研究的影响：

　　目前能做研究的，比十年前要多六七倍，比二十年前或许多三四十倍。但是研究的设备，没有十年前多，研究的环境，比十年前坏很多。这个严重的问题，希望诸公注意，希望诸公引起政府和社会的注意。目前坏的情形，倘再继续五年、十年的话，过去三四十年的努力，都要前功尽弃了。

　　他进而举出具体的例子：

做科学研究的人，为求知，为真理外，谁不愿他的工作在目前就对国计民生有所裨益呢？谁也计算不出养一师兵要多少钱。但只知北平研究院每月经费只有十一亿法币，折合三百六十元金圆券，除修建费外，七个研究所每所每月只能分到一亿法币，即金圆券三十三元三角。研究员每月研究费只有二百万，即金圆券六角余。要若干学者凭此来做某一学科的研究工作，才乃是对学术工作的一讽刺。

当时，这个讲话稿曾经在北平多家报纸上刊载，有的报刊的编者加上了"分量很重"的按语。这真实地反映了科学研究的艰难，同时也让人对在这种情况下仍然坚持工作的科学家们，产生了由衷的钦敬之情。

第三章　栋梁（一）

Chapter Three

任何一项科学研究事业的成功，都离不开众多杰出的研究者。

他们或者是学科的奠基人，披荆斩棘，筚路蓝缕，在一片荒野中开垦出一方园地，播撒下最初的种子；或者是勤奋的后继者，在前辈耕耘的地方，进一步精耕细作，扩大种植品的种类范围，使园圃不断扩展，让眼前的姹紫嫣红，接续上远方的林木葱茏。

植物分类学研究也不例外。围绕这部《中国植物志》，四代中国植物分类学家薪火相继，仿佛传递接力棒一样，经过数十年跋涉，穿越无数风雨，终于抵达了目的地。

这是一个庞大的团队，涉及的人物众多。因为各种因素的限制，这本书中只能有选择地介绍一些人。如果说，从事植物分类学研究就好像用生命建造一座大厦，那他们无疑是构成这座大厦的栋梁。很大程度上，他们的梦想和追求，也能够写照这个群体的共同经历，折射出一种普遍的情感状态。

钟观光：最早的采集者

第一个走进我们视野的是钟观光。

在近代植物学引入中国之前，就有人在用传统的方式进行植物学研究。那时，有一门学科被称为"本草学"，可以说是植物分类学的前期阶段。这个名称来自东汉时期的《神农本草经》，一部中草药学的著作。

钟观光就是其中出色的一位。北平研究院植物学研究所所长刘慎谔这样评价他："钟先生为中国旧植物学界最后之一人，新植物学界最初之一人，整理本草工作必新旧贯通，今日中国只此一人。"

钟观光，1868年出生于浙江镇海的一个小业主家庭，幼时进私塾，勤勉好学，为了抑制好动的天性，曾经将双脚绑在桌子腿上，逼迫自己专心致志学习。17岁时写下的诗词文赋，就让塾师赞叹不已，称"此子好学有恒，气度逾常人，前途无可限量"。光绪十三年（1887），钟观光考取了秀才，被乡人谑称为"缚足秀才"。

几年后的1894年，中日甲午战争爆发，中国惨败，签订了丧权辱国的《马关条约》，割地赔款。年轻的钟观光深受维新思想的影响，认为依恃旧学难以抵御外侮，非变革不足以自强。当时，西方科学刚刚开始传入中国，他即敏锐地认识到"科学为强国之根基"，立志投身到这一事业中去，成为近代中国开风气之先的人们中的一员。他认真学习江南制造局翻译的化学物理等书籍，掌握了一定的现代科学知识，并按照书上的描述进行化学实验等。他还与同乡友人自筹资金在上海浦东开设造磷化工厂，还建立了上海科学仪器馆，创办《科学世界》杂志，对中国近代科技事业的发展做出了贡献。

1905年，钟观光因患上肺病，离开上海，到杭州西子湖畔疗养。西湖风景秀丽，一年四季，草木长青，花开次第，丰富的植物资源，使他对植物学研究产生了浓厚的兴趣，在病榻上，他仔细阅读了李善兰和威廉森合作编译的《植物学》，并看了不少有关植物学知识的书刊，很快掌握了近代西方植物学基础理论和研究方法。当病情好转后，他即去野外大量采集标本，范围广，数量多，并且认真制作，加以探索研究。1910年，钟观光开创了中国人自己采集中国植物标本的历史。他从此走上了"绿色之路"，也开了中国人大规模采集植物的风气。

1912年，民国临时政府成立，蔡元培任教育总长，特聘钟观光为教育部参事。那时，军阀争战，兵荒马乱，政局不稳，教育部刚成立，没有很多事情可做，只是起草教学大纲，编辑教材，空闲时间较多。钟观光便前往南京内外远近名山寻觅植物，往返数十里，自晨至暮，乐极忘返。政权易手于袁世凯之后，教育部北迁，钟观光随部北上。他仍然怀着浓厚兴趣，采集北方植物，每次采集回来后又将所采集植物制成标本，仔细研究并与南方种进行比较和分类，对植物学进行了更加深入的研究。

不久，政府内阁纠纷，钟观光辞去公职，立志永不入仕途，以科学研究为今后的志业。1915年，湖南高等师范学校专程派人自长沙来上海，聘请钟观光讲授博物学。岳麓山下的三年时光，他以其博学多识，深受学生爱戴。

蔡元培就任北京大学校长后，聘钟观光担任生物系教授。由于当时北大生物系尚未设立，他无须授课，主要任务是筹建标本馆。这给了他一个考察、采集和研究植物的良机，他十分兴奋，虽然已经年近半百，还是欣然接受了邀请，并郑重承诺："欲行万里路，欲登千重山，采集有志，尽善完成君之托也，不负众望。"

此后数年间，他的大部分时间精力都投注于山野之中。他自带干粮，足迹遍及北京周边的群山，时常步行到城外数十里之远的山里，寻觅采集各种植物。他的同事蒋维乔曾回忆道：

遇休假日，蔡元培约余等游圆明园，先生（钟观光）挟参考书，远足经行，俨然学校师生，殆忘其为长属也。元培佩采集筒，维乔携轻便压榨器，共行郊野，觅取新种。进园则登万寿山，徜徉竟日而回。

他的步履所至，远远不限于北京及附近。长达四年的时间中，他一共有三次大规模的采集旅行，足迹遍及福建、广东、广西、云南、浙江、安徽、湖北、四川、河南、山西、河北11个省区，行程万里，北起幽燕，南至滇黔，在长江、黄河、珠江三大流域，采集腊叶植物标本16000多种，共15万多号；木材、果实、根茎、竹类300多种，可谓硕果累累。

20世纪初之前，我国的植物都是外国人来采集标本，拿到国外的标本室进行研究。钟观光开辟了中国学者自己采集和制作标本、进行分类学研究的新纪元。他在采集制作大量标本的基础上，悉心厘正，辨其类属，订正学名，使种类繁多的植物有系统可循。1924年，北京大学以他所采集的标本为基础，建立了我国第一个植物标本室，第二年生物系成立，他留校继续整理标本。他采集并鉴定的大量标本，为研究工作带来了许多方便。著名蕨类植物学家秦仁昌评价说："北大标本之真正价值，不在于新种之多寡，而在所经地域广大，各类包罗宏富，实为研究生态分布最完善之材料。"

钟观光还从这些标本中发现了不少新的种属，成就斐然。在现代植物分类中，木兰科植物的观光木属，和马鞭草科的钟君木属,便是以他的名和姓命名的。这在世界植物分类学家中也是极为少见的。

1927年,钟观光到杭州浙江大学农学院任教。那时他年近花甲,还先后去了浙江天台山、天目山、雁荡山等地,共采集植物标本700多号,创设了浙江大学农学院植物标本室。同时他还创办了浙江大学农学院植物园,这也是我国第一座植物园。这座用竹篱笆围起来的植物园,面积为30到40亩,种植了各科佳草珍木,分区栽培,并建有温室。由于该园位处杭州市郊的笕桥,故又称笕桥植物园。笕桥植物园的诞生,为中国植物园事业和园林科学写下了新篇章。在当时,它不仅给农学院的大学生,同时也给附近的中学生学习研究植物学带来了便利之处。当年正在杭州高级农业职业中学农艺系求学的吴中伦,一有空就来到植物园,潜心观察各种植物的形态特征和生态习性,与植物学结下了不解之缘,多年后成为我国著名的森林生态学家。

1933年,钟观光受刘慎谔邀请,北上北平,在北平研究院植物学研究所从事本草学研究。他用滴水穿石般的精神,一点一滴地收集文献资料,把《诗经》《易经》《齐民要术》《梦溪笔谈》《植物名实图考》等古籍中的植物,按国外植物学原著以农艺、园林、林木、蚕桑、医药分类的方法,进行分种、分属检索,用拉丁文学名标注这些植物;再结合采集标本的情况,注明产地、果实成熟季节、采集期等,让它们分别隶属于分类学中的科属之下，按照分类系统依次排列。他还对文献引证、地理分布和生态环境等逐一地考证、修改、补充和注释，整理分辑成册，写出《近代毛诗植物解》《山海经植物》《北山画谱序》《物贡纪要》《有关植物古籍释例、注解书目》《名实图考校录》等52卷150多万字的毛笔字手稿。他还对《诗经》《尔雅》《离骚》中所记载的146个科的高等植物和低等植物进行了详细的考证，写出了《植物中名考证》一书的手稿，总计14卷（册）2700多页，供植物学家们研究、参考和借鉴。

1937年抗日战争全面爆发，钟观光被迫离开北平研究院植物学研究所，仅携带所写稿件和部分资料，返回故乡宁波，留在北平的不少重要书籍资料在战乱中受到重大损失。在故乡，钟观光虽年事已高，仍专注于他钟爱的植物学研究事业，对所写稿件加以整理补充。1940年9月30日，这位一生献身科学教育事业的爱国学者，在家国为敌寇占据的屈辱中，含悲饮恨地告别人世，终年72岁。

钟观光先生离去迄今80年了，但他的名字将与"钟君木"和"观光木"一起永存。

他的儿子钟补求，子承父业，也走上了植物分类学研究之路，成为玄参科的权威，并主持编写了《中国植物志》的有关卷册。

钱崇澍：园丁之歌

钱崇澍是《中国植物志》的第一任主编。

此外，在中国近代植物学研究领域，他也创下了若干个第一：

在植物分类学方面，钱崇澍是第一个用拉丁文发表植物新种的中国科学家，开中国学者发表植物新种之先河；他是中国最早研究植物生理学的学者；他是研究中国植物生态学的第一人；他的《黄山的植被》被公认为中国生态学研究的第一篇文章；他与人合作编写了中国第一本大学植物学教科书；还是他，最早提出了中国植被分类与分布。

这一切，使他成为一个标志性的、里程碑式的人物。

钱崇澍，字雨农，1883年出生于浙江海宁的一个书香之家，身世十分显赫：其先祖为五代十国时期的吴越国开国国王钱镠。幼年读私塾时，他就以"志在有恒"为座右铭勉励自己。1904年，在清朝举行的最后一次科举考试中，他考中秀才；1909年被保送到唐山路矿学堂学习，这所学校是今天的西南交通大学的前身。1910年，他考取了第二届庚款留美生，与胡适、赵元任、竺可桢一同远渡重洋，先在伊利诺伊大学学习农学，后又主攻植物学，1914年毕业后，又到芝加哥大学、哈佛大学，学习植物生理学和植物生态学。

1916年钱崇澍学成归国，任教于江苏第一农校，除教植物学和树木分类学外，还开展植物学的研究。

其后不久，他的履历表上陆续写上一连串的高校名字：1919年，受聘为南京金陵大学教授，他的教学才能开始备受赞誉；不久又被东南大学和北京农业大学聘任为教授，教植物分类及植物生理课；1923年，到清华大学前身清华学校教生物学，是第一任生物系主任，后来又担任厦门大学教授；1928年后，先后担任中国科学社生物研究所所长兼植物部主任、四川大学教授、复旦大学农学院院长；1948年当选为中央研究院院士。

烈火见真金。外部环境越是严峻险恶，越能够检验出一个人的真正的品德和质地。钱崇澍在艰苦处境中的表现，曾经被中国生物学界的前辈们称道不已。

抗日战争全面爆发后，为了保存中国科学社生物研究所初步形成的科研队伍，在著名爱国实业家、中国西部科学院创建人卢作孚的帮助下，时任所长的钱崇澍，率领中国科学社生物研究所一部分人员，从南京迁往西南大后方重庆，在北碚找到了一个落脚点。

战时的陪都重庆，物资奇缺，物价飞涨，许多职工难以维持生活。为了摆脱困境，钱崇澍带领大家种菜、养猪等，还和一些高级职员到外面兼课，以所得平价米来补助困难的职工，维持最低限度的生活，保存住了这支队伍。在此期间，因为吃的是劣质大米，他患上了胃病，此后几十年中，他的健康都受到严重的拖累。

即便在这种极端艰难的境遇中，他还坚持研究工作，写出了《四川北碚植物鸟瞰》《四川的四种木本植物新种》《四川北碚之菊科植物》等论文。他在青城山一带采集的植物标本，为科学研究和教育提供了宝贵的资料，至今仍在使用。

钱崇澍对野外考察工作的重视，由来已久。从美国学成回国不久，他就不畏千辛万苦，深入浙江和江苏南部进行植物区系的研究，采集植物标本1万多号，特别是对浙江省植物做过系统的收集和整理。20世纪20年代后又对南京钟山的森林和岩石植物进行过专门的观察和研究。他还制定了江苏、浙江、安徽、四川各省的植物调查规划。他所组织的采集队走遍了这些地区的山山水水，积累了丰富的资料，为我国东南、西南植物分类、区系和植被等方面的研究开辟了道路，也为以后编写地区植物志、全国植物志以及研究植物地理学等创造了条件。

1950年，静生生物调查所与北平研究院植物学研究所合并，组建为中国科学院植物分类研究所。时任复旦大学农学院院长的钱崇澍，自上海来北京，担任首任所长。1955年，他当选为中国科学院生物学部委员。

钱崇澍的研究领域十分广泛，在许多方面都是开创性的。1916年，他在国外发表了《宾夕法尼亚毛茛两个亚洲近缘种》，这是中国人用拉丁文为植物命名和分类的第一篇文献。他一生独立完成或与他人合作完成许多重要文献，如《中国森林植物志》《中国植物图鉴》《中国植物区划草案》《黄河流域植物分布概况》等。

他还是中国自然保护事业的先驱。1956年，钱崇澍等五位科学家向全国人大提交了一份议案，呼吁在全国各省（区）划定若干个森林禁伐区（自然保护区）。议案获得通过，林业部根据议案的要求，当年便提交了《林业部关于天然森林禁伐区（自然保护区）划定草案》，并很快在广东鼎湖山建立了中国第一个自然保护区，拉开了我国自然保护区建设的序幕。

在学术著述之外，钱崇澍更以中国植物学界的园丁而闻名。由于他多年间先后在多所大学执教，有众多著名植物学家出自他门下，如秦仁昌、郑万钧、方文培等，堪称是桃李满天下。

为了培养中国自己的植物学人才，他倾注了大量的心血。

在大学里，他先后教过很多课程，如生物学、树木学、植物分类学、植物生理学等。为了使学生对每门课都有一个完整的认识，他十分注意认真备课和编写教材。即使是在抗战时期的艰苦条件下，也始终坚持不懈，常在暗淡的桐油灯下工作到深夜。为了使学生能更快学习到新的植物学知识，1923年他与邹秉文、胡先骕合作编写了我国第一本大学植物学教科书《高等植物学》，这在当时还没有教科书的时代，对青年学习植物学有很大帮助，在教育界产生了很大的影响。

在教学中，他重视培养学生的独立工作能力。他教植物分类课，让学生自己采集标本，查阅图鉴、检索表，自己定名，然后根据他们的实践能力评定成绩，讲授时不是只教一科、一属或一种，而是将某些地区的植物进行综合讲解，阐述它们之间的亲缘关系，以及在自然系统中的地位。他十分重视野外实习，每周带领学生到野外实习一次，认识自然界的植物和千姿百态、丰富多彩的植物景观，使学生进一步理解课堂内容，唤起同学们极大的兴趣和采集热情，并逐渐养成了他们热爱植物和植物学的兴趣。同样，在北京农业大学教授生理学时，钱崇澍从植物和水、土壤、阳光的关系，谈到植物的生命活动，并通过室内和田野对植物的观察，增加学生的感性知识。他的讲课言辞生动、条理分明，深受学生的欢迎。

他对年轻一代极为关心。他为了帮助成绩优秀的青年出国深造，到处奔波，争取国内外的奖学金。20世纪30年代，方文培、裴鉴出国留学，都曾得到他的大力帮助。他还热情支持青年人发表著作，在他的建议下，裴鉴写出了《中国药用植物》一书；吴中伦翻译了《植物群落学》，他亲自修改、校对。不论是谁，只要向他求教，他总是热情相待，耐心帮助。他审阅各种文稿，都是逐字逐句（包括学名的拼法、文字的修辞，以及标点符号等）

认真审查、修改，并加上批注。直到他晚年养病期间，仍然为《植物学报》审阅和校对稿件。

与他长期共事过的王文采，在回忆录中谈及对他的印象，让这些概括显得更形象化，更生动真切。

王文采曾将钱崇澍与胡先骕相比。胡先骕率真无羁，个性张扬；钱崇澍则是另外一类老学究，为人做事都老老实实的，就像他写的字一样，一笔一画，工工整整。

钱崇澍在中国科学社生物研究所时，从事的是荨麻科研究，来植物所后，他将自己多年搜集的资料卡片，还有一部分标本，都赠送给了植物所。王文采在鉴定荨麻标本时，曾经参考过这些资料，留下了深刻的印象。那些字比林镕的字还要小，而且工整，抄录的是一位瑞士荨麻专家19世纪80年代出版的专著，这是需要花费很多气力的事情。身教的力量是巨大的，这种对待工作的勤恳和认真，让王文采印象深刻，也备受触动，影响了他对待专业研究的态度。

70多岁后，由于常年胃病的折磨，钱崇澍身体日渐衰弱，外表看上去比实际年龄要老很多，上楼都很吃力，因此把原来在二楼的办公室搬到了一楼。

也是在古稀之年，1959年，他受命担任《中国植物志》第一任主编，主持这部巨著的编撰工作，并担任荨麻科部分的编写工作。从1959年到1965年他去世，《中国植物志》共出版了3卷。

他的胃病最终发展成为凶险的胃癌，夺去了他的生命。1965

年12月28日，他在北京与世长辞。

园丁走了。他辛勤耕耘培育的园圃中，花木繁茂，生机盎然。

胡先骕：乞得种树术，将以疗国贫

如果要推举中国近代植物分类学的奠基人，排名第一的无疑应该是胡先骕。不仅如此，他还被称为"20世纪上半叶中国植物学界领袖"，其影响辐射到整个植物学界。

胡先骕，字步曾，1894年出生于江西新建（今南昌市新建区）的一个官宦之家。曾祖父胡家玉，清同治十一年（1872）官授都察院左都御史。胡先骕名字中的"先"字，是家谱里的辈分，"骕"在古汉语中为良马之意。至于以"步曾"为字，是他的父亲希望他能够步曾祖父之后，成为朝廷重臣。

胡先骕天资聪颖，4岁开始启蒙，7岁能作诗，15岁时来到北京，进入京师大学堂预科学习。1912年秋天，胡先骕参加江西省留学考试，被录取为留美学生，不久后即启程赴美，入加利福尼亚大学农学院，先学农学，后改学植物学。

生长在官宦家庭，受传统文化熏染，从很小的时候，胡先骕就树立了以天下为己任的远大志向。在大学里，他写下一首

名为《书感》的诗，诗中有这样的句子：乞得种树术，将以疗
国贫。他对于自己的目标有着清晰的认识，就是要通过掌握科
学知识，改变国家贫穷落后的面貌。他在给留美同学胡适的一
封信中，把这一志向和选择植物学的原因表达得更为醒豁：

别无旋乾转坤之力，则以有从事实业，以求国家富强之方。
此所以未敢言治国平天下之道，而唯农林山泽之学是讲也。

1916年11月，胡先骕学习期满，以优异成绩获农学学士学
位。回国后，先后受聘担任江西省庐山森林局副局长、国立南
京高等师范学校农林专修科植物学教授。1923年，南京高等师
范学校并入国立东南大学，胡先骕任农科的植物学教授兼生物
学系主任。

胡先骕的一个突出贡献，是促进了植物标本采集的开展。

胡先骕认为，植物造福于人类的地方太多，体现在衣食住
行各个方面，经济价值极高。要调查清楚中国的植物资源，最
需要的便是大力采集植物。他为此大声疾呼，凡是有植物学科
的大学，必须将植物采集作为重要的职责。只有群策群力，才
可能将中国的植物调查详尽，才会对科学做出贡献。

有这样深刻的认识，他更是付诸实施。在南京高等师范学
校农科任教时，1920年夏天，他率队在浙江采集，历时三月有
余，途经十多个县。他将行程写成《浙江采集植物游记》，发表

在杂志上。文章的后记中写道："此役历时三月，历水陆程三千余里，步行所经一千六百余里，浙省东西名山，十探八九，而植物之探访，成绩亦有可观。"1921年春，他又率队到江西多地及福建武夷山区采集。

这两次采集，共获得标本1万多号，胡先骕也成为继钟观光之后，大举采集植物的第二人。

1923年夏天，胡先骕再度赴美深造，在哈佛大学攻读植物分类学。他师从世界著名的植物学家杰克（D. G. Jack），对中国的有花植物进行全面的整理，用两年的时间，充分利用哈佛大学的图书和标本，完成了三卷本的博士论文《中国有花植物属志》。1925年获博士学位，随即回国，仍任教于国立东南大学。

1928年，中国植物学乃至整个中国生物学史上，发生了一个具有重要意义的事件，这就是静生生物调查所的成立。该机构包括植物部和动物部，其宗旨是在广大的北方地区推动生物学研究的开展。建所初期，胡先骕任植物部主任，不久后担任所长，并受聘在北京大学和北京师范大学讲授植物学。

从此，胡先骕从南京来到北平定居，全身心地投入到静生生物调查所的发展上。他的思路一以贯之，始终高度重视标本采集。1930—1931年，在静生生物调查所植物部经费不多的情况下，胡先骕仍支持秦仁昌到收藏有世界各地500多万号植物标本的英国皇家植物园去，后来，秦仁昌从该园精选出大量中国植物的模式标本，并将其拍成照片带回，以应国内研究者的需要。这是胡先骕、秦仁昌对中国植物分类学研究与发展所做出的一项极为卓越的贡献。

1948年，胡先骕当选为中央研究院院士。他所领导的静生生物调查所，自1928年创办以来，历经20年，已成为一个享有国际声誉的颇具规模的自然科学研究机构。收藏的标本就有近20万号，发表了论文280余篇和《中国森林树木图志》《中国植物图谱》《中国蕨类植物图谱》等专著，还培养了一大批造诣很深的植物学家，为进一步开展中国植物资源的调查研究和合理开发打下了很好的基础。

1950年，静生生物调查所与北平研究院植物学研究所合并，成立中国科学院植物分类研究所，1953年更名为中国科学院植物研究所。胡先骕受聘任研究员。他除继续在北京师范大学生物系兼授植物分类学外，大部分精力都集中在植物分类学的研究上，并努力使科研与教学相结合。

胡先骕的一生中，涉足植物学的广泛领域，包括植物分类学、植物解剖学、植物地理学、古植物学等，共出版20多种专著，发表论文达140多篇。在古植物研究领域，他与郑万钧共同命名了有"活化石"之称的水杉，使全世界植物学界大为震惊。就是在植物分类学领域，他也和多数学者不同，不限于某一科属，而是跨越蕨类植物、裸子植物、被子植物，共发现一个新科、六个新属和一百几十个新种，并提出被子植物的多元系统理论。

胡先骕有旧时代的名士风范，性格直率，从不避讳流露自己真实的情感和想法。这样一件事情很能够说明他的个性：1946年7月，胡先骕赴庐山参加江西暑期学术讲习会。正在山上的蒋介石得知后派人送信给他，邀请共商高等教育之事。胡先骕已经对当时政府的做派深感失望，不想空谈，便于次日不辞而别，提前下山，由九江返回南昌。接见时间到了，仍不见胡先骕到来，当时的江西省主席派人沿山寻找，结果可想而知。自此以后，胡先骕"倔强"的名声便传播开来。据和他共事过的人回忆，"我是国际知名"这样的话也时常挂在他口边。不难想象，在时代的洪流中，这种个性会使他有怎样的遭遇。

他写了一本《植物分类学简编》，1955年出版。在讨论物种和物种形成的章节里，对当时红极一时的苏联生物学家李森科的所谓"物种新见解"提出了批评，认为李森科的"黑麦'产生'燕麦"的观点不符合现代科学。在当时向"苏联老大哥"一边倒的形势下，他因此招惹上了一场不小的批判。"文化大革命"时期，他的日子就更加难过。他因为旧时代与国民政府的关系，一次次被批斗。后来造反派多次上门抄他的家，将大量书刊装在一辆汽车里，拉到植物所南院的一个房子里堆放。

1968年7月的一天，在屈辱和恐惧中，胡先骕因突发心肌梗死去世，终年74岁。

作为一代宗师，胡先骕的名字深深镌刻在中国植物学研究史上。1955年，在中国科学院学部委员的评选中，一些人出于种种原因，不同意将他评上。第二年，在一次中央政治局扩大会议上，时任中宣部部长陆定一在汇报中谈到了胡先骕对李森科理论的批评，毛泽东数次插话，询问胡先骕的批评是否有道理。毛泽东又问起胡先骕是不是学部委员，得知不是时，毛泽东说，恐怕还是要给，他是中国生物学界的老祖宗。此后虽然也并没有给，但他的历史地位和学术影响，不会有丝毫的减损。

不少人可能存在着一种偏见，认为科学家一心沉浸于学术研究，对其他方面不闻不问，个人生活十分单调枯燥。当年徐迟先生影响深远的报告文学《哥德巴赫猜想》中对数学家陈景润的描写，可能催生了这一印象。但真实情况并非如此。在阅读关于老一辈植物学家的传记、回忆录和有关报道时，我注意到，这些杰出的植物学家，和同时代的许多其他学科领域的专家一样，也有着本专业之外的出色成就。究其根源，应该是得益于他们丰富深厚的知识文化素养，这既与他们从小所受到的传统文化的教育有关，也与他们求学时接受的西方文化的熏陶有关。两种文化的濡染浸润，让他们的身上闪现出一种独特的人文光彩，生动温润。

胡先骕身上就突出地体现了这一点。

他固然以植物学家的身份闻名于世，但家学渊源，在历史、地理、语言、文学诸方面，同样也有很深的造诣，尤其擅长诗词写作，著述颇多。早在青年时代，社会事件、山水胜景、情感烟云，都能触动他的心灵，有所感受，他便以诗词表述，并与诗坛友人往来频繁。国学大师陈寅恪的父亲、晚清著名诗人陈三立对胡先骕的诗极为欣赏，评价是“意、理、气、格俱胜”，并认为他的记游之作“牢笼万象，奥邃苍坚”。

这里，我只想援引一首胡先骕写的歌行体长诗，从中可以充分地认识到他旧体诗的杰出造诣。这是他为水杉所作的吟咏，题为《水杉歌》，刊发于1962年2月17日的《人民日报》上。这首长诗气势磅礴，意境高远，典故丰赡，辞采富丽，声调铿锵。一首科学题材的诗歌能够写出这样的水准，实在令人惊叹不已：

余自戊子与郑君万钧刊布水杉，迄今已十有三载，每欲形之咏歌，以牵涉科学范围颇广，惧敷陈事实，坠入理障，无以彰诗歌咏叹之美。新春多暇，试为长言，典实自琢，尚不刺目，或非人境庐掎摭名物之比耶。

纪追白垩年一亿，莽莽坤维风景丽。
特西斯海亘穷荒，赤道暖流布温熙。
陆无山岳但坡陀，沧海横流沮洳多。
密林丰薣蔽天日，冥云玄雾迷羲和。
兽蹄鸟迹尚无朕，恐龙恶蜥横駊娑。
水杉斯时乃特立，凌霄巨木环北极。
虬枝铁干逾十围，肯与群林计寻尺。
极方季节惟春冬，春日不落万卉荣。

半载昏昏黯长夜，空张极焰光朦胧。

光合无由叶乃落，习性余留犹似昨。

肃然一幅三纪图，古今冬景同萧疏。

三纪山川生巨变，造化洪炉忿鼓扇。

巍升珠穆朗玛峰，去天尺五天为眩。

冰岩雪壑何庄严，万山朝宗独南面。

冈达弯拿与华夏，二陆通连成一片。

海枯风阻陆渐干，积雪沍寒今乃见。

大地遂为冰被覆，北球一白无丛绿。

众芳遁走入南荒，万江沦亡稀剩族。

水杉大国成曹邻，四大部洲绝侪类。

仅余川鄂千方里，遗孑残留弹丸地。

劫灰初认始三木，胡郑研几继前轨。

亿年远裔今幸存，绝域闻风剧惊异。

群求珍植遍遐疆，地无南北争传扬。

春风广被国五十，到处孙枝郁蒹苍。

中原饶富诚天府，物阜民康难比数。

琪花琼草竞芳妍，沾溉万方称鼻祖。

铁蕉银杏旧知名，近有银杉堪继武。

博闻强识吾儒事，笺疏草木虫鱼细。

致知格物久垂训，一物不知真所耻。

西方林奈为魁硕，东方大匠尊东璧。

如今科学益昌明，已见泱泱飘汉帜。

化石龙骸夸禄丰，水杉并世争长雄。

禄丰龙已成陈迹，水杉今日犹葱茏。

如斯绩业岂易得，宁辞皓首经为穷。

琅函宝笈正问世，东风仁看压西风。

一同刊发的，还有时任国务院副总理陈毅的评价，可谓尊崇备至：

胡老此诗，介绍中国科学上的新发现，证明中国科学一定能够自立且有首创精神，并不需要俯仰随人。诗末结以"东风仁看压西风"，正足以大张吾军。此诗富典实、美歌咏，乃其余事，值得讽诵。

特别需要指出的是，由于当时胡先骕的处境，如果没有陈毅元帅的大力推荐，这首诗是不可能在《人民日报》刊发的。

第四章　新苗

Chapter Four

正式立项

1949年10月1日，中华人民共和国成立。中华民族的历史，掀开了崭新的篇章。

万象更新。一个受到人民群众热爱拥戴的政权，所迸发出的力量，如红日喷薄，如长风浩荡，如万马奔腾。焕然一新的生活，把旧时代人们被迫压抑在内心深处的梦想，极大地激发了出来。

这种梦想之光，照临在新生的中华人民共和国的一切领域，工作和生活的每个方面。科学界因为承担着以科技促进生产的神圣职责，也就越发能够感受到这种激情的拥抱。

1949年11月1日，中国科学院成立了。

中国科学院成立后的首要工作，就是着手接收此前的中央研究院、北平研究院以及其他研究机构，并按学科予以重组。其中之一，便是将私立的静生生物调查所与国立的北平研究院植物学研究所合并，组成中国科学院植物分类研究所。

根据中国科学院安排，时任上海复旦大学农学院院长的钱崇澍担任植物分类研究所第一任所长，吴征镒担任副所长。

植物分类研究所的成立，主要是为了集合全国的研究力量，继续先前中国植物分类学家开创的工作。它的研究方针是"配合经济建设和文化建设之实际需要，进行全国植物之调查研究"。具体任务是"有计划地研究与调查各区植物之种类及其与环境的关系，并分期编纂各类植物志。用积累的经验来进行全国植物志之编纂。研究调查栽培经济植物。为配合上述各种工作，逐步建立全国性的标本馆和植物园"。

显然，编纂《中国植物志》，是其中至为重要的任务。对于这一点，当时的中国科学院副院长竺可桢，在其1950年1月12日的日记中写得很清楚："今日讨论静生生物调查所整理事……将来主要工作为编全国植物志，设标本馆。今年集体工作为《河北植物志》。"

无数植物学家梦想的这一个目标，终于望见身影了。

植物分类研究所的任务之一，是以植物分类学为基础，建成全国的所、园、站等植物学研究机构。它们的设置和负责人分别有：

华东工作站，由原上海中央研究院植物研究所改组，裴鉴任主任；

庐山工作站，由原静生生物调查所庐山森林植物园改组，陈封怀为主任；

昆明工作站，由原静生生物调查所云南农林植物研究所与原北平研究院植物学研究所昆明工作站合并组成，蔡希陶任主任；

西北工作站，由北平研究院植物学研究所在陕西武功的西北植物调查所改组，王振华任主任；

……………

在这样的形势背景下，《中国植物志》的编写被正式提上日程，也就是顺理成章的事情了。

1950 年 8 月 18 日，全国自然科学工作者代表会议在北京召开。

中国科学院计划局和植物分类研究所利用外地植物分类学家来京开会的机会，邀请了一些北京高校的人员，联合召开了一次植物分类学专门会议。主题是研究中国植物分类学研究方法及计划，并将编纂《中国植物志》这个总目标提交会议讨论。

这一项巨大的工程，需要集中全国的科研力量。因此，会议纪要中明确表示：

全国的植物分类工作者要配合农、林、工、医业务部门的需要，集体合作分工进行，努力完成所负的使命……我们的目的是做全国植物志，今天即使没有足够的条件开展全国植物志的工作，我们也可以结合实际，就各地区现有的条件，分别先做地方的植物志，取得经验，如一科一属的专门研究、经济植物的调查工作和区域植物志研究工作等。先从植物名录、要览、手册开始，采取从上而下、从下而上两方面同时进行、互相结合的方式，以求逐步奠定全国植物志大工作的基础，并争取早日完成这一艰巨的历史任务。

会议还拟订长期工作计划，如有系统、有计划、有重点地编定各地区植物名录和植物志、全国植物名录、经济植物手册、文献索引，统一分类学名词术语、学名，有计划地分工合作收集整理资料，并制订了全国性的采集计划，讨论了各地区图书标本的流通使用办法，及全国标本室、工作站、植物园的分布地点等。

可以看出，人们的认识是清醒的，制订的计划也是理性的、可行的。

为了使这项巨大工程得到有效的实施，这次会议讨论成立一个永久性组织，拟定名称为"中国植物志筹备委员会"，建议由中国科学院组织成立。

新中国成立之初，百废待兴，各项工作众多，必须分清轻重缓急。因为种种原因，这个委员会没有能够成立。但会议提出的组织框架，却为以后组织实施《中国植物志》编纂工作奠定了基础。

《河北植物志》：一次未完成的"热身"

如前所述，中国科学院在筹备合组植物分类研究所之初，方向就已经十分明确：编纂《中国植物志》。

但是，这并不是想做就能够做成的，愿望和现实之间，还有很大的距离。当时的研究力量、标本积累、资料收集等诸多方面的因素，都还存在不少的欠缺，不具备马上就能够开工的条件。

这种情况下，新组建的植物分类研究所做出了一个决定。因为植物所处于北京，而北京又为河北所环抱，因此准备凭借地利，集中全所的力量，先对河北境内的植物进行一次全面考察，在此基础上编纂一部《河北植物志》，积累起一定的经验，再组织全国的力量，编纂《中国植物志》。

这一点，也正是此前不久，该所正处于组建阶段时，竺可桢在日记里提到的内容。

1950年2月8日，植物所又召开了一次会议，确定将"如何

编纂《河北植物志》"作为会议议题。会议形成了如下的意见:

一、参加编写人员:全所各研究人员,在上海前中央研究院植物所从事高等植物分类学研究的人员,并征求北京各大学校植物分类者参加。

二、决定召开一次编纂会议,讨论具体编纂问题,包括内容与式样、组织、分工、审查名词、定期开会讨论工作交流经验、索引、绘图、采集等。

下面援引一些有关会议记录中的内容。其后的《中国植物志》,主要也是按照这样的体例来进行编写的。因此,虽然读来显得有些枯燥,但对于了解这种工作,却是有益的——

内容与式样:有图手册。每属取一种代表图(全图),疑难种附代表特征的图。种的记载长短,以Rehder: Manual of Cultivated Trees and Shrubs 为标准。种名以拉丁名在前,中名在后。中名尽量采取普通名或土名,如无中名,应当造新名。所以属名应先由大家审定,种名后不书参考文献,仅表明号码。该号码即开列书末文献之号码,以便阅读者对照。如每种书有数卷者,可在号码前附ABC等表明之。尽量减少外国文字,必要时列书末。内容包括特性、分布与自然环境、用途、繁殖法,有关的小故事,总地图。科属种之检索表用dichotomy key,用阿拉伯数字标明。

地区范围:河北及邻接地区(包括小五台山、灵山、太行山等）。

分工：大科及疑难科先分，小而易的科各人分担，视将来工作进度如何，再做变动。

绘图：工作者能绘图可自绘，种图、属的代表图由绘图员绘。

采集：希与其他机关相配合，以免重复。采集地区，注意原种区、新区域、植物丰富区域，如有疑难种类，可携回栽培。采集方式，尽量训练当地人为原则。

这些要求，字数不多，却是工作的总体原则，是通用的规范和程式。

这一项任务很快布置了下去，各项有关工作开始进行。中国科学院院士、中国科学院植物所研究员、著名植物分类学家王文采出版的口述自传中，就提到了当年他参加的标本采集工作——

6月，我又和赵继鼎、标本馆的徐连旺到百花山采集。我们从周口店向西行到达百花山东南坡的史家营，在一个老乡家住下。第二天，在村庄附近的山地采集。第三天早上，我们离开史家营爬向山顶，并越过山顶，到北坡采集至下午，已不可能返回史家营，就在南坡的黄家坨住下。第四天，在北坡、南坡选了几个点采集，近傍晚时回到史家营。等我们回到住地，把前天在史家营一带山地所采的标本夹打开一看，糟糕了，标本出问题了。那时山中多雨，空气湿度大，标本在夹子里捂了近两天，变湿的草纸未能及时撤出，换入干纸，这使多数标本的颜色变黑，少数则开始发霉，标本质量大受影响。工作结束回到所里，我没有想到吴征镒先生马上来看我们采的标本。看到这些标本，他对我们提出了严肃的批评。

按照计划，整个工作预计到1951年底完成，1950年完成总任务量的三分之一。然而到1950年底，三分之一的计划都没有完成，甚至有些承担任务的人根本就没有着手进行。第二年、第三年，仍然进展不大。1953年，植物所继续将《河北植物志》列入计划，然而，大半年过去，还是没有实质性的进展。

推究起来，有几个方面的原因。

首先是政治运动的影响。新中国成立初期的"三反"运动、知识分子思想改造运动，将整个研究所的研究人员都裹挟进去，占用了大量的时间，致使所有的业务都未能按照计划进行，当然也无法如期完成。当时，人们还不会想到，几年后，政治运动对科学研究的干扰会愈演愈烈。

另外一个重要的原因，是老先生们的计划并没有多少人参与，参加的人，工作的积极性也不高。结果可想而知。

当时的工作总结这样写道：

首先，也是最主要的原因之一是思想问题，组内成员在不同程度上存在着个人主义，自由散漫作风比较严重，有些高级人员的工作凭个人兴趣出发，对科学研究应该为建设事业服务的认识不足，随时改变计划，这都说明对计划不够重视；其次，制订计划没有群众基础，只是少数人订了，并没有经过群众详细讨论，执行中遇到困难也未予以克服。

这就又涉及一个内在的问题：新旧科研体制机制之间，当时还没有能够很好地贯通协调。一方面，民国时期都是个体性研究，每个研究者按照各自的志趣爱好，选择研究课题。中华人民共和国成立后，强调集体研究，这样很多从旧时代过来的人，短时期难以认同和适应。同时，研究人员是由静生生物调查所和北平研究院植物学研究所组合而成的，两个机构的学术观点也存在一定的差异，还没有来得及进行适当的交流切磋。这种背景下，自然难以产生好的效果。

这一年的10月份，在中国科学院所长会议上，吴征镒宣布"《河北植物志》暂缓"，此后也不再提及这项工作，实际上是默认了它的流产。

尽管如此，这项未完成的任务也提供了一些经验，可以作为此后工作的借鉴。而那些采集来的标本，就更是切实的收获。它们作为馆藏标本的一部分，在后来的编志工作中发挥了作用。

不妨说，对于朝着一个预设的宏大目标的长途跋涉来说，它相当于是一次短距离的热身。

插曲:《中国植物科属检索表》

完成一件工作,首先需要有合适的工具在手。

认识字,要从字典开始。认识植物,也需要有类似的工具书。这就是检索表。

检索表,是识别和鉴定植物的常用工具,它的编制原理,是基于对植物形态的对比,划分不同等级,在每级中选择一一对应明显不同的特征,将植物分为两类,然后在每一类中,再根据其他相对应的特征,做同样的划分。如此下去,一步一步地,最后分出科、属、种。

1955年出版的《中国植物科属检索表》,就是一部值得关注的植物分类图书。这项工作,旨在配合当时大加宣传的"理论联系实际""科学为生产服务"的要求,树立"人民的科学"的立场。它从1951年底启动,由研究所向全国植物分类学家发函,邀请合作,获得积极的响应,也体现出经过思想改造运动,知识分子中已经树立起了集体研究的意识。《中国植物科属检索表》的编纂，参加者数十人，除了植物研究所，还有北京及京外多所大学和研究机构的人员。

当然，如名字所说，《中国植物科属检索表》只是科、属级，没有包括种级，但一样为植物分类学研究，农、林部门及高等学校有关教学所需要。对从事专业研究的人来讲，它是一个基础；对想了解植物的一般人来说，它不失为一本有效的入门书。

由于这项工作不算复杂，所以在植物研究所制订的各项集体工作中，最先完成。尽管只是为读者提供科、属级的检索表，远远不能解决植物定名的问题，但仍然不失为数十年来中国植物调查研究的第一次总结，为编写《中国植物志》打下了良好的基础。

在出版单行本之前，《中国植物科属检索表》先连载于《植物分类学报》，时任所长钱崇澍在编后记中介绍了该书的特点和编写的经过，当然行文中有着鲜明的时代色彩：

这种形式的检索表，事实上是各方面早就需要的。而在我国植物分类学的研究进行最早，人数亦最多，何以从前没有这类刊物之出现？回答都很简单，就是以前的植物学研究是与实际脱节的；第二个原因是以前的植物学工作者着重于个人研究，对于群众的需要熟视无睹，且满足于离群索居，关起门来独自工作，虽有些工作是少数几个人合作的。故三十年来在植物学范围内，还没有一部著作，是经大家共同来做，以供广大的需要。中国植物志的编纂，早就有人拟议大家来合作，但在反动政府时代，没有集体工作的条件，始终没有进行。人民革命胜利之后，人民自己掌握了政权，由于社会的革新的转变，时代的熏陶，我们的观念转变了，我们的确从旧的樊笼中解放出来了，集体合作的条件也已具备而成为完全可能了。这个可能就表现在科属检索表的成功上。这检索表是由大多数植物分类工作者集体合作而成，这在植物学范围内是一个创举，不问这工作内容的优劣如何，但就这工作的方式和规模而言，是值得我们兴奋的。

这部《中国植物科属检索表》虽然也存在不少缺点，但因为适应当时的生产需求，很受欢迎。1955年出版单行本，1957年就全部售出。在该书出版20多年之后，1979年予以修订，并增加了苔藓植物部分，以及一些常用术语的解释，改名为《中国高等植物科属检索表》，由科学出版社出版。

第五章　虚热

Chapter Five

时间表

时光的脚步迈进了1956年。

这一年，在国务院领导下，中国科学院学部组织300多位各学科专家，参与制定《1956—1967年科学技术发展远景规划（草案）》。

这一项工作，有着深刻的时代背景。

新中国成立后，短短几年，就使旧时代遗留下来的一穷二白、百业凋敝的面貌，得到了极大的改变。各项建设以前所未有的规模和速度进行着，并且取得了丰硕成果。从1953年开始实施的发展国民经济的第一个五年计划，在各方面的共同努力下，任务大部分提前完成。

这样的发展速度，是当时大多数人没有想到的。

受到巨大成就的鼓舞，国家设想在第二、第三个五年计划内，更大规模地开展经济建设，全部或部分完成国民经济各部门的技术改造，实现社会主义工业化。这个总体目标的实现，有赖于科学技术的发展，从而对我国当时还很薄弱的科技工作提出了很高的要求。

国家提出了"向科技进军""要迅速壮大我国的科技力量"，力求使某些重要和急需的部门，在12年内接近或赶上世界先进水平，使我国建设中许多复杂的科技问题，能够逐步依靠自己的力量加以解决。

因此，在这次会议上，对每一项规划内容，都讨论制定了一个清晰的执行时间表。

生物学方面，《中国动物志》《中国植物志》和《中国孢子植物志》（简称"三志"）被列入规划。其中，《中国植物志》规划的完成时间为20年。

应该说，当时这样的时间考虑还是比较切合实际的。但是，随着两年后"大跃进"运动的掀起，一切都变样了。

揠苗岂能助长

　　1958年，"大跃进"运动如狂飙突起，席卷了华夏大地。它无视客观经济规律，制定不切实际的任务和指标，片面强调主观能动性的作用，"人有多大胆，地有多大产"之类毫无理性的鼓噪，一时甚嚣尘上。各个行业和领域，都制定了"赶英超美"的时间表。在一种整体的狂热状态的裹挟下，连最应该清醒冷静的科学界，也未能幸免。

　　1958年2月13日，中国科学院在北京召开各研究所所长会议，提出"科学工作能够跃进，科学工作必须跃进"。科学院院长郭沫若在开幕会上做了题为"科学界的精神总动员"的报告，号召科学家们"拿出吃奶的劲头来"，促进科学"大跃进"。

　　在这样的背景下，中国科学院将"三志"的编撰作为重点项目，并分别成立了编委会，组织开展有关工作。

　　相关研究所纷纷提出跃进的目标和计划。编写《中国植物志》是植物研究所的跃进计划的主要内容，拟定的目标可谓宏大，激动人心——要用八到十年时间，到1960年完成《中国植物志》10卷，到1962年完成30卷。不仅如此，编委会甚至还认为，"如果将高校教师力量组织起来，还可以超过30卷"。

这项计划于1958年4月底在植物所的高等植物分类组制定规划的会议上提出，并得到了大家的热烈响应。秦仁昌首先提出，他将完成一卷蕨类植物志，在次年国庆前夕拿出，作为向共和国的献礼。他的话引起了热烈的掌声。紧接着，胡先骕表示要在次年国庆前出版桦木科，匡可任提出次年完成杨梅科、胡桃科，钟补求提出完成玄参科的马先蒿属，吴征镒提出完成唇形科的一部分，汪发缵和唐进提出完成莎草科等。这些都将于次年国庆前出版，作为向国庆十周年的献礼。

今天来看当时的举动，会感到诧异，觉得不可思议。在世界各国的植物志编写史上，这样的速度是找不到的。这些业内的专家学者不可能不知道。然而设身处地地想一下，置身于那样一种整体的社会氛围中，那个每天都要"放卫星"的年代，每天都有令人惊叹的数字占据《人民日报》头版头条的背景中，有多少人能够保持足够的清醒？一种集体性的迷狂，扰乱了理性而清明的判断。即便有人保持了清醒，他是否敢于冒风险，指出这中间的一厢情愿和不切实际？

那一年的第10期《科学通报》杂志上，刊发了一篇文章《十年内完成中国植物志》，读来很有意思：

苏联约有高等植物16000千种，参加作植物志的植物分类学家前后约有80人，标本、图书齐全，已经作了20多年了，到现在还没作完，最后的菊科还没出来。再看我国，高等植物约有三万种，比苏联多了一倍光景；目前植物分类学家不过三四十人，比苏联少了一半左右；标本、图书条件比起苏联来又差得多，粗算起来我们作完中国植物志怎么说也得大约60年的时间。况且中国植物志既是植物学中的一部经典性巨著，同时又是赶上国际水平的标志，当然标准就不能低，它所包括的种类也应尽可能地齐全。除此以外，有很多老先生思想上还存在着很多的问题。他们认为自己是某某科的专家，研究了几十年了，在没有十分把握的时候"撒手锏"是不能轻易拿出来的。就这样，在标准、条件、个人威望等重重障碍之下，中国植物志就成为可望而不可即的了。

这段文字中，从所介绍的情况到列举的各项数字，都能够说明编纂植物志是一项旷日持久的工作。但文章题目中却又是明确表示要在十年内完成。这种明显的矛盾，自然与当时形势的影响有关，但或许还蕴含了一些另外的信息。植物学家们表现出这样高涨的热情，一方面是因为编纂《中国植物志》是他们的夙愿，另一方面，新中国成立短短几年所取得的巨大成就，像第一个五年计划的提前完成，以及体现在具体生活许多方面的日新月异的变化，也让他们有理由相信，在党的强有力的领导下，再努力发挥出个人的力量，这个目标是可以实现的。

于是，1959年5月，钱崇澍、胡先骕等26位植物学家联名倡议编写《中国植物志》。同年8月上报中国科学院，请求成立《中国植物志》编辑委员会，于10月获正式批准。

1959年9月7日，经中国科学院第九届院常务委员会通过，编辑委员会成员确定。编辑委员会第一任主编为钱崇澍与陈焕镛，秘书长为秦仁昌，下设秘书组，由崔鸿宾负责组织与管理工作。

9月下旬，华南植物所所长、《中国植物志》主编陈焕镛受命来北京主持工作。

1959年11月11—14日，在北京召开首次《中国植物志》编委会会议。此次会议形成了下列文件：《中国植物志》编委会组织条例；编辑出版条例和编审规程；编写规划；1960—1962年编写及出版规划；编写规格；植物分类学术语表；著者缩写表；引证文献缩写表；被子植物按恩格勒系统（1936）的科号与分卷表。

时光不知不觉流逝了。

秦仁昌果然不负众望，按照当初的承诺，于1959年9月首先完成出版了《中国植物志》蕨类植物卷，是这部书的第2卷。这一年间，他全身心投入工作，废寝忘食，经常到后半夜两三点钟才休息。

这无疑是植物学界的一件大喜事。它的出版，标志着《中国植物志》编研工作取得了实质性进展。

在1959年国庆大游行那天，中国科学院植物研究所分类室的年轻人，推着《中国植物志》的巨大模型，从西外大街向位于文津街3号的中国科学院院部集合，到天安门广场向国庆十周年献礼。这个模型的样子，就是秦仁昌完成的那一卷。

然而，接下来却没有下文了。其他几位表态要在一年内完成的，进度迟缓，迟迟难以交稿。这倒也不奇怪。科学研究必须遵循客观规律，不能以主观意志为转移，不能揠苗助长。为了迎合特定的时代气氛而定下的目标，并不具备现实可能性，自然也就难以落实。

当时，王文采是被指派协助秦仁昌工作的年轻人之一。多年后他这样回忆：

编写植物志，需要长期的积累。《中国植物志》每一科都很复杂，着急是没有用的。分类学有不好搞的地方，一是文献能否收全，再是标本能否收全。即使这些条件具备，不少分类群比较难搞，这些困难不是在短时期内可以解决的。像秦老能够写出第2卷，汪、唐写出第11卷，那是多少年的积累。

《中国植物志》第2卷出版后不久，林镕就写了一篇文章，对全书做出客观公允的评价。他既充分肯定了秦仁昌对蕨类植物研究取得的成就，也指出因时间匆忙，书中存在着一些欠缺：

例如，本书中的目、科、属、种各级检索表是作为帮助鉴定植物种类的一个重要手段，所以力求在写法上做到通俗化。特别是本书中提出了从形态和生境这两个不同角度出发的分科检索表，可使用书人在鉴定某一种植物时不用或少用显微镜的帮助，也能较易确定这一种植物所隶属的科，以及较易鉴定科以下的属和种。又例如，在许多蕨类植物中，种的鉴定往往是根据植物的微观特征的。为了便于一般科学工作者掌握，本书的分种检索表在大多数情况下，都是根据仅用轻便的扩大镜或仅凭肉眼就可观察到的形态特征来写成的。相信本书在生产、教学和科学研究上都可得到广泛的应用。

因为持续三年的"大跃进"运动打乱了国民经济秩序，使工农业生产遭到极大破坏，经济陷入严重困难境地，1960年，中央总结了三年狂热冒进的经验和教训，颁布了"调整、巩固、充实、提高"的八字方针，开始调整经济指标，各地各行业也都结合自身的情况进行调整。植物所根据所承担的任务和实际编写情况，对该年度《中国植物志》编写计划做出调整：上半年完成一卷，下半年完成一卷。但结果还是未能按照计划完成。

根据分类室和各个小组该年的工作总结来看，完不成任务，大概有这些原因：一是未能投入全部精力，很多人还同时从事着其他的工作；二是因为对不断增加的新标本的数量估计不足，分类系统也有问题；三是当时未列入计划的临时性的任务比较多，如为了应对"大跃进"后出现的饥馑，中央发出了《关于立即开展大规模采集和制造代食品运动的紧急指示》，植物所承担了一项临时任务，从野生植物中寻找代用食品。这些，自然都会影响到原定计划的执行。

几年过去了，《中国植物志》编写进展，完全没有如当初计划的那样，出版20到30卷。继1959年秦仁昌出版第2卷蕨类植物门科之后，过了两年，1961年，汪发缵、唐进出版了第11卷（莎草科一部分）。又过了两年，1963年，钟补求出版了第68卷（玄参科一部分）。实际上，只是相当于完成了整个计划的十分之一。

即使撇开外在的种种干扰因素，从编志工作本身来看，当时面临的客观困难也是相当多的。主要有这些方面：

因为编写的工作量非常大，牵涉的协作单位很多，但许多协作单位未能将所承担的编写任务正式列入工作计划，导致若干计划落空。参与的研究人员水平不一，认识也不尽一致，年轻人员缺乏训练。国内一些地区和单位图书、标本严重不全，保存于国外的许多标本和文献资料难以看到。

编委会的组织工作也不顺利。本来打算将编写人员集中于北京，以便利用植物所的标本和图书。但有些人员因承担了本单位的工作，无法抽身来京，而且植物所的房舍紧张，根本不够住，当时也没有别的解决办法，因此不少人不能来，来了的也未能按照原计划的时间住下去。

为了高质量地编写志书，需要制定可行的编写规划和建立有效的管理机制，召集合格的青年科技人员，按照统一的编写规格，合理地分工合作，并严格执行审稿制度。这些方面，当时都存在着很多不足。

这些问题的存在，必然会制约《中国植物志》编研工作的进展。编委会压力很大，因此在向中国科学院请示后，于1961年9月召开了第二次编委会扩大会议。

这次时隔两年后举行的编委会会议，总结了1959年到1961年的编写工作。经过讨论，编委会认为要根据现有水平和条件编写，尽可能做到种类齐全、鉴定准确、描述真实、文字简洁。会议决定《中国植物志》种子植物部分按照1936年恩格勒分类系统排列卷册。对于分类学研究有新进展的，可在科的描述后说明。植物拉丁文学名的采用要根据《国际植物命名法规》。对组织条例、编写规程、编写规格进行了修改。

但是，这次会议对于编写进程，实际上并没有起到明显的推进作用。当时，"大跃进"浮夸风带来的后果进一步显现。那段时间，特别是到了这一年底，市场上物资供应紧张，外地来京研究人员的生活也受到影响，植物研究所的行政领导想方设法，并屡次向中国科学院求助，仍然难以解决。到了1962年初，北京的正常供应一再压缩，编辑委员会只好劝说外地人员暂时不要来京，等候通知。当时担任中国科学院东北林业土壤研究所副所长的刘慎谔，承担部分蔷薇科的编写，该所研究员王战、副研究员王薇，分别承担杨柳科、菊科编写，从1961年底到1962年初，公私来函共达七八次之多，要求来京做短期研究，以便定稿。编委会也只能多次复函阻止。

接下来的数年间，困难局面没有多少改观，导致原来的计划难以完成，不得不进行调整。

1962年，编委会调整原定于十年内完成编纂《中国植物志》的计划，提出按照实事求是的原则，长计划，短安排，落实人力。

1964年，编委会决定《中国植物志》各卷可根据实际情况分册出版，同时还制定了审稿办法。

1965年，编委会对审稿办法做了修改，并对某些规格做了变动，如把引证中的罗马数字改为阿拉伯数字等。

1966年，编委会决定组织力量优先编写经济意义较大的科。

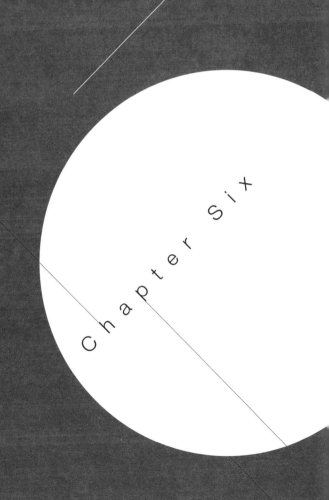

第六章　栋梁（二）

Chapter Six

刘慎谔：举步即是植物

"刘慎谔"这个名字，是又一座丰碑，高高矗立在中国植物学研究的漫长征途之上，每一个从旁边走过的人，都会投以敬重的目光。

前面已经介绍过，中国近代植物学研究有两个主要的人才源头，除了留美的秉志、胡先骕等人，就是留法的刘慎谔。他们学成回国后，分别创立了静生生物调查所和北平研究院植物学研究所。

1897年，刘慎谔出生在山东牟平的一个农民家庭，家境贫苦。幼时在家塾就读，后考入济南第一中学，毕业后又考入了保定留法高等工艺学校预备班，1920年赴法国勤工俭学。

刘慎谔先后在南锡大学农学院、孟伯里埃农业专科学校、克莱孟大学理学院、里昂大学理学院和巴黎大学理学院学习，前后近十年之久。他勤奋刻苦，节假日也很少休息。有一次他在标本室里专心查看植物标本，忘记了下班时间，被锁在标本室里，一直到第二天来人上班时才出来。

留学期间，刘慎谔一直关心中国科学事业的发展。他与留学欧洲的同学一道，先后发起和组织了几个学会。1924年，他在法国南锡参加了"新中国农学会"，担任植物病理组干事并参加蚕学组工作。1925年他在里昂大学组织了"中国生物科学学会"，被推选任该学会的总书记。同时，他还参加了法国林奈植物学会。在法国近十年间，他几乎走遍了法国的名山大川，采集了2万多号植物标本，对法国的植物有很深的研究，同时广泛收集有关研究中国植物的文献和图书资料，加以认真研究。他的学习和工作精神以及他的著作，都受到法国朋友们的称赞。1972年，中国科学家代表团在法国巴黎参观访问一个植物研究机构时，受到对方隆重的欢迎。他们特意展出了刘慎谔在法国时期的著作，并说："刘慎谔先生是第一个研究法国植物的外国人。"

从中，我们看到的是一个胸怀大志、才华横溢、组织活动能力颇强的有为青年学者的形象。

1929年，他怀着一腔发展中国植物学科的热望，带着在法国采集的2万多号标本和百余册节衣缩食购买的专业图书，受聘回到祖国，担任北平研究院植物学研究所的所长，兼专任研究员。

刘慎谔在植物分类学方面研究范围广，造诣深，威望高。他同样高度重视标本采集，当时在植物学界和胡先骕并称，被誉为"南胡北刘"。这里的南北之分，主要指的是两人各自所在的机构，分别侧重于在不同地方采集标本。静生生物调查所偏重于南方，而植物所偏重于北方尤其是西北。

刘慎谔十分重视这项工作，在1929年9—10月间，植物所尚在筹建之时，刘慎谔就抽时间到北京西山和天津蓟县一带采集，第二年一开春，又派人分赴河北、山西、辽宁等距北平较近的省份采集。1931年后，更将采集范围推向更远的西北各省。

到1950年北平研究院植物学研究所与静生生物调查所合并，在长达二十多年的时间中，无论条件如何，刘慎谔对这项工作始终未曾松懈，全所共采集到植物标本15万号。今天中国科学院植物研究所标本馆里的标本，相当一部分是原北平研究院植物学研究所的收藏。

刘慎谔既是指导者，同时也是一名躬行者。在植物所迫迁至陕西武功之前，八年中，他就先后到过河北、甘肃、新疆、藏北、云南、四川等地，采集了大量的植物标本。

下面这段文字，摘录自《国立北平研究院五周年工作报告》，是刘慎谔所写，记叙的是他到新疆、西藏以及印度考察的情况，可以得知他已经走得多么遥远：

民国二十一年——岁首出发经天山南麓，入库车，过拜城，至阿克苏，后由阿克苏入小路，沿天山南坡抵喀什。再沿大路经英吉沙、莎车、泽普而至叶城，时当三月。由此再整行装由库库雅山口，深入昆仑，过哈拉古劳木岭，高达五千五百米，已入西藏高原。由此折而东行，历时二月余，地面平均皆拔出海面五千米以上。景色荒寒，悉入无人之境。于是又折而北出昆仑，再入新疆，经尼雅、于阗、和田、墨玉、皮山，返叶城，为时又在八月。整装由克立阳山口重入昆仑，经西藏高原之北部，过拉打克（今列城）而抵哈什米尔（即克什米尔）。是地交通始感方便。由此出希马拉亚（即喜马拉雅，下同）山脉，直达印度北境。入滨地过拉欧抵德里（印京），由德里北行，入希马拉亚山脉（斯米拉），再经哈雅抵加尔各答。由此复入希马拉亚（打言岭）再返加尔各答，时已年终。本年搜获标本约两千五百号。

这次考察，因为交通不便，邮路不通，很长时间所里没有刘慎谔的消息，同事们都非常惦念，有的人以为他可能已经不在人世了，甚至张罗追悼仪式。直到突然接到他从印度发来催要旅费的电报，大家才放心。

林镕曾经撰文，揭示刘慎谔到西藏采集的意义：

西藏一带，尚为植物界视作神秘之区。全境峰峦起伏，骤冷酷热，或为重霄所围，黄土细沙之上，或花岗岩之罅隙间，植物常具沙漠性。其量的方面虽甚贫瘠，而新奇及稀见之物种类颇多。如Davis等采集所示特异之亚灌木，铺卧之多年生草本，俱甚可观。高山森林层，则植物之变化较繁。四千公尺以上，虽裸石嶙峋，终年积雪，亦有虎耳草科、菊科等等之特殊植物，点缀其间。

至于喜马拉雅山之南坡，热带多雨式之森林所占，其中植物，必有森罗万象之感。故西藏常为分类学家视作宝库也。

刘慎谔的考察旅行，收获是多方面的，不仅有科学上的重要发现，也有对于国家边疆治理情况的感受。如这些记载中，就流露出了对外国势力不断觊觎的深切忧虑，表达了一个学者的爱国情怀：

至于蒙古与西藏之情形，较之新疆尤为危险。因新疆已设为行省，在外人之目光中，尚视为中国之一部，蒙藏尚未设为行省，外人视为非中国之土地，随意考察，随意调查，以为侵略之张本。西藏分前藏、后藏，前藏完全落在英人之手，并设有监督，后藏之势力英人尚未完全达到，但华人亦不能入境。英人之企图西藏，其目的并不在西藏本身，而欲借西藏为入川之张本。盖四川为天府之地，物产富饶，是以西藏实为我国西面之门户，亟待设为行省，积极开发，不仅为西藏本身，亦所以巩固国防也。蒙古分外蒙与内蒙，一如西藏之分前藏与后藏，现外蒙既为俄人所侵占，内蒙亦有岌岌可危之势，若不设置行省，加意整顿，深恐将步外蒙之后尘，失去华北之屏藩也。

刘慎谔的另外一大贡献，是建立了北京植物园。

1929年，北平研究院成立时，院址位于天然博物院。刘慎谔在原来农事试验场的蔬菜园旧址上，兴建了植物园。他认为，研究植物学不能仅仅依据死的标本，更要不时观察活的植物，因此创办植物园非常必要。建成后的植物园，占地约40亩，不仅可以供游人观赏，作为学校教学实习的基地，更为研究分类学提供了研究材料。园中的植物，有的是天然博物院原来就有的，有的是从北京附近的西山、清东陵、清西陵一带移植而来，有的是工作人员去野外调查采集标本时带回，或者是与国外的一些植物园交换得来。为了体现植物进化的过程，园中植物是依照恩格勒分类系统的次序种植的。

其实，刘慎谔创建的植物园不止这一个。

抗日战争全面爆发后，刘慎谔为了避免损失和能够继续进行科研工作，把植物学研究所迁到陕西武功，和西北农林专科学校联合成立了西北植物调查所。他亲自到西北各地挖掘苗木、收集花木，又筹建了一个植物园。

1941年，他随北平研究院南迁到昆明，继续采集植物标本和调查研究，同时还在西南联大兼课，并在昆明新建了一个植物园。

新中国成立后，静生生物调查所和北平研究院植物学研究所合并，组成了中国科学院植物分类研究所。担任二十多年所长的刘慎谔，不久应哈尔滨东北农学院之邀，去创建东北植物调查所，从此将后半生献给了这一片植物学研究尚属空白的地区，在辽阔的白山黑水之间，开展植物资源的调查研究，并主编了《中国北部植物图志》《东北木本植物图志》《东北植物检索表》《东北资源植物手册》《东北药用植物》等。这些著作，为有关学科研究工作的开展和农、林、牧、副业的发展提供了科学依据。

他的植物分类学的杰出造诣，在这里很快发挥了作用。东北的许多植物，是由北部的阿尔泰经西伯利亚移动到中国东北、朝鲜、日本和北美的。欧洲植物在漫长的移动过程中，有的植物种在新的环境条件下发生了变化，而成为新种及种下的分类单位。刘慎谔结合他多年来在欧洲和亚洲的考察经验和研究结果，列举了大量在中国各地区由于植物移动而发生变化的植物种。如在欧洲分布的欧洲赤松在东北北部的大兴安岭地区，就成为樟子松，是在欧洲分布的本种的变种。

有一件事情，人们未必知道：他还是保护了东北地区大量森林的功臣。

20世纪50年代，东北不少林区推广苏联的"大面积皆伐"采伐方式。刘慎谔怀疑这种采伐方式对于红松针阔叶混交林是否合适，因此在小兴安岭林区，连续做了几年关于红松林特性、群落结构和更新关系等多方面的调查研究，并根据他在欧洲考察森林的资料，认为有异龄复层结构的红松针阔叶混交林不适于皆伐。因为红松在幼苗和幼龄林阶段，要在一定数量的上层林木蔽荫下才能更新，皆伐破坏了森林环境条件，将对红松更新再次长成新林不利。而人工造林即使成活，也有树冠横向发展、早分叉、早开花结实和枝下高度降低而不能成人材的后果。为此，他挺身而出，写文章、做报告，坚决反对大面积皆伐，呼吁采伐森林要为子孙后代着想，不能杀鸡取卵，"不能吃祖宗饭，造子孙孽"，"如此皆伐下去，这里将是次生森林和荒山秃岭"。采伐必须要做到青山常在，林木资源能够永续利用。

他根据老择伐迹地上保留的中、小径树木能加快生长的现象，主张对红松针阔叶混交林实行择伐。这样既有利于增加林木生长量以缩短轮伐期，又能保持各层林木的陆续更新，以达到连续不断地提供大量木材的目的。

他的主张被采纳了。大片的林地得以保存下来。今天东北森林的郁郁葱葱中，有一份是来自他的心血的浇灌。

农民家庭出身的刘慎谔，一生非常简朴，平易近人。他耿直的性格和献身科学的事业心，使他毫无保留地、热情而又严格地培养青年人。他对青年人常说："搞科研要入迷，一天八小时出不了科学家。"学生们和他一起到野外考察，回来后必须提交考察报告和他所讲问题的记录。西北农学院闻洪汉教授回忆，他在1947年曾将一篇《渭河滩地植物社会构造之研究》寄请刘慎谔审阅。刘慎谔仔细看完以后，用毛笔写了长达10页、6000多字的回信，详细介绍了当时国外各学派的主要观点和研究方法，并给以热情的鼓励和指导，使闻洪汉非常感动，至今还念念不忘。

在早年给学生的信中，刘慎谔曾经这样写道：

植物分类一道，睁眼便是学问，举步即是植物，工作在此，乐趣在此，吾人一日不死，工作即一日不停。

他用一生的勤勉，践行了自己对于事业的信仰。

陈焕镛：与植物的"苦恋"

看陈焕镛的照片，第一感觉就是很像外国人。的确，他是一名混血儿。

1890年7月，陈焕镛出生于香港。他的祖籍在广东新会，祖父曾从事洋务，父亲曾任光绪年间清政府派驻古巴的公使，母亲是西班牙血统的古巴人。陈焕镛出生后不久，举家迁往上海，不久父亲去世，母亲带他回到广州，就读于一所中学。

1903年，陈焕镛13岁。这一年，他随母亲到美国就学。1913年，他考入哈佛大学植物学系，选读树木学，1919年取得林学硕士学位。因为毕业论文成绩优异，他获得500美元的奖金。这在当时可算是一个不小的数目。

导师十分赏识他，希望他留校继续攻读博士学位，并邀请他一同去非洲调查采集植物标本。导师没有想到，陈焕镛却婉拒了他的好意，明确表示自己要回到中国采集标本，并毅然于当年踏上归程。

这个果断的行动，并非一时冲动，而是经过了深思熟虑的。这个外貌酷似欧美人的年轻人，内心深处奔涌着的是一腔对华夏故土的炽热情感。

从下面这些得以留存下来的早年文字中，可以看到他的这种情感的流淌。

1911年元月，陈焕镛尚未进入大学，就在由留美中国学生会刊行的《中国学生月刊》上，发表了《森林学在中国的重要性》一文，历数祖国森林被毁导致的恶果：原本绿树成荫、溪水晶莹、花园般的土地，逐渐变成了荒野，洪水泛滥，沃土流失，灾荒频繁。他痛心疾首地呼吁发展教育，将保护森林的意识传播给广大民众，破除他们的愚昧无知，倡议建立培养森林工作者的学校，号召中国学生们用自己的努力，唤起国人对恢复森林的关注。

1914年，他又在《中国学生月刊》上发表了《苦力》等文章，对洋人虐待我国同胞极为愤慨，表现出强烈的忧国忧民意识。《苦力》一文的大意为：

香港，黄包车苦力整天奔跑、赚钱养家。一天下来，浑身散架的苦力所挣的钱，仅够其老娘糊口。正当苦力拖着疲劳不堪的身躯走在回家的路上，一个英国士兵命其拖他返回营地，而当苦力央求歇息片刻之际，蛮横无理的英国兵却叫他快跑，不然就扭断他的脖子。半路，苦力实在支撑不住，摔倒在地，狂吼乱叫的英国兵一刀刺向苦力，刺刀深深地陷进了苦力的身体，苦力的尸体被遗弃在露天的水中。

相信任何一个有血性的中国人，看到这种情景，都会义愤填膺。这种对深陷苦难中的祖国的强烈感情，能够有力地解释他的选择的内在动因。在大学期间，看到中国的植物标本存放于欧美各国标本馆，原始文献是用中文之外的不同文字发表，散见于各国出版的刊物上，他内心有一种屈辱感，萌发了中国人自己研究中国植物的念头。这成为支配他的一切行动的信念。

此后，在数十年的岁月中，他朝着自己确定的这个唯一的人生主题，坚定前行。

1919年10月，陈焕镛获得硕士学位回国后不久，就只身前往海南岛五指山区，成为登上祖国南部岛屿采集动植物标本的第一位植物学家。他这一计划，最早是来自时任哈佛大学阿诺德树木园（Arnold Arboretum）主任的美国著名分类学家萨金特（C. S. Sargent）的建议，后者认为海南岛是中国植物标本采集的空白点。

当时的海南岛，交通不便，生活艰苦，落后程度令人难以想象。他钻进热带雨林深处采集标本，身上满是蚂蟥叮咬的伤口。有一次在采集时，他不慎从树上坠下跌伤手腕，左手肿得像戴着拳击手套。后来又感染恶性疟疾，高烧至40℃，不得不被人用担架抬出五指山。就是在这种恶劣的环境中，他坚持工作了10个月，采集了大量珍贵标本，计有几万号之多。

经过这一次采集，他对海南植物特别注意，后来又多次派遣人员前往采集，为日后编纂《海南植物志》奠定了基础。

受到当时国内条件的限制，他只好携带部分标本前往美国鉴定。这让他十分感慨，曾对人说：如果我国标本完备，何须假手外邦，仰人鼻息！对此他耿耿于怀，念念不忘。

1922年夏，受聘担任南京金陵大学教授的陈焕镛，筹得500元经费，与钱崇澍、秦仁昌一道，组织了湖北西部植物调查队。三人由宜昌出发，经兴山、神农架东侧至巴东，采得近千号标本。这是中国植物学家自己组织的第一支略具规模的调查队，采集所得最完善的一全套标本存放在上海招商局仓库，不料于1924年失火被焚，至为可惜。

1928年，他受聘担任广州中山大学农学院教授后，继续往粤北、广西、贵州等地采集标本，与此同时还与英、美、德、法等60多个国家的学者和标本馆联系，建立了标本交换关系，交换得到3万余份外国标本。

到这时，陈焕镛已积累了相当数量的标本，便于中山大学内，创建了华南植物研究所标本馆，这是我国南方第一个具有一定规模的植物标本馆。开创之初，他就定下了一个高目标：要将它建成中国植物标本室的楷模，与世界著名的植物标本馆相媲美。

为此，他亲自制定了一套严格的科学管理方法。标本馆的每号标本，都有三套卡片，按不同需要分别排列存放；馆藏标本若被国内外书刊发表的文章引证，即用特定的标签贴在该标本上，在标本封套内还附上关于该种植物的原始记载、重要专著等文献资料，这样不但能使标本的定名比较准确，也为研究工作提供了很大方便，同时能使馆藏标本井然有序。当需要查找某份标本时，在采集人、编号、植物名、标本号码或采集地点等多项信息之中，只需要知道其中之一，便可以迅速地找到所要的标本。

这看来似乎简单，但在数十万份标本之中，凭借不完全的条件，就能找到所需要的那一张，如果没有一整套完善的管理方法，是办不到的。对标本的这种管理方法，也为今日采用计算机进行管理打下了基础。

陈焕镛创建的这个标本馆，如今已经发展到拥有100多万号标本，是我国三大植物标本馆之一，在研究中国植物区系方面发挥着重要作用。

有了丰富的植物标本，就具备了进行研究的基础。在此期间，他的另外一项重要的贡献，是说服中山大学农学院接受了他的建议，在经费、人力、设备都非常紧张的条件下，由他来主持筹建植物研究室。1929年，植物研究室又扩充为植物研究所。

1930年起，该所不仅从事广东植物分布调查和植物分类研究，还担负起促进广东农林经济事业发展的使命，因此改名为中山大学农林植物研究所，是1954年成立的中国科学院华南植物研究所的前身。经过数年艰苦努力，标本和图书资料逐渐增多，购置了不少科学仪器，采集队、标本园、实验室、科研队伍都日渐壮大，研究工作进展迅速。

这些出色的成绩，深深打动了一个人。1934年，广西大学校长马君武来中山大学访问，参观了农林植物研究所，赞赏不已，当即诚邀陈焕镛到广西梧州，筹建广西大学经济植物研究所。于是从1935年1月起，他经常奔走于广州、梧州两地，同时主持两个研究所的工作，数年内先后派出采集队到广西的十万大山、龙州、那坡、百色、隆林、大瑶山等地，采集了大量标本，为后来编写《中国植物志》和《广西植物志》打下了坚实基础。

抗日战争期间，为了保护好中山大学农林植物研究所珍藏的标本、图书，以免其落入日寇手中，陈焕镛历尽艰险。

抗日战争全面爆发后，广州时常遭到日机轰炸，为了避免中山大学农林植物研究所的标本、图书、仪器等被炮火所毁，经中山大学批准，陈焕镛冒着生命危险，于1938年春，将全部重要标本、图书、仪器等，搬运至香港，储存在九龙码头围道陈家寓所三层楼房内，并自己出资在此设立了该所驻港办事处。因为资金匮乏，陈焕镛发妻的妹妹把房子都抵押了，来解陈焕镛的燃眉之急。这一年10月，广州沦陷，陈焕镛匆匆离穗到港，继续主持研究所的工作。

1941年底，太平洋战争爆发，日军侵占香港，植物所驻港办事处遭日军包围搜查。由于标本、图书上面均有国立中山大学标志，被视为"敌产"，办事处为日军查封。陈焕镛花费20余年心血积累的标本和图书，面临被掠夺毁坏的厄运，他心急如焚。

1942年3月适逢伪广东省教育厅厅长林汝珩到港，要求将植物所迁回广州，表示可以协助运返标本、图书。陈焕镛考虑再三，终于同意，但声明植物所乃纯粹科学机构，拒绝涉及政坛。几经波折，在1942年4月底将这些标本、图书运回广州，安置在原岭南大学（其时改名为广东大学）校园内，易名为广东植物研究所，他仍任所长，兼广东大学特约教授。他忍辱负重，不顾个人危难，多次奔波于穗、港之间，使这批珍贵的标本、图书得以完好保存至今。

在香港期间，有两件事情充分彰显了陈焕镛的民族气节。当时大汉奸汪精卫的夫人陈璧君，因与陈焕镛是广东新会同乡，邀请陈焕镛在一个公共集会场合发表演讲，意欲借他的声誉，为汪伪政权涂脂抹粉。陈焕镛如期而至，登坛宣讲，题目为"植物与人生"，畅述稻麦是人之主粮，蔬果助身躯发育，林木作建筑良材，神农尝百草而知药物，李时珍辨药草而著《本草纲目》……滔滔不绝，听众听得入了迷，主事者则垂头丧气，大失所望。又过了一段时间，时任伪广东省省长的陈璧君的胞弟，极力拉拢陈焕镛出任伪广州市市长，但几次邀请均遭拒绝。

抗日战争终于胜利了。陈焕镛如释重负，与员工清点公物，报请中山大学派人接收。不料，这时竟有人诬告陈焕镛是"文化汉奸"。当时教育界、法律界的知名人士许崇清、金曾澄、沈鹏飞、邓植仪等人出于正义感，联名上书，陈述事实，并愿以人格担保。在中山大学农学院院长邓植仪给中山大学校长王星拱的报告中，有一段这样写道："查所称各节与及经过之记载，确属实情，该员忍辱负重，历尽艰危，完成本校原许之特殊任务——保存该所全部文物，使我国植物学研究得以不坠，且成为我国植物研究机关唯一复兴基础，厥功甚伟，其心良苦，其志堪嘉。"到了1947年，法院当局被迫以"不予起诉"了结了这一冤案。

其后不久发生的一件事情，更能够证明陈焕镛对祖国的感情。1947年到1948年间，正当陈焕镛蒙受冤屈、处境极其困难之时，哈佛大学的导师力劝他去美国任教，欢迎他全家迁美，但他愿毕生贡献于祖国科学事业的初衷毫不动摇，婉言谢绝了邀请。

陈焕镛的学术成就，也是冠绝一时。

作为中国近代植物分类学的奠基人之一，他在国内外专刊上发表过许多论文。早在1922年至1925年间，就先后发表和出版《中国经济树木》《栽培在我国的中国松与日本松之比较》《浙江树木二新种》《我国樟科之初步研究》等学术专著和论文，后来又和胡先骕合作编著《中国植物图谱》(5卷)，这是早期我国学者用现代植物分类方法研究中国植物的主要文献。他在对华南植物广博的研究基础上，对中国樟科、壳斗科、绣球花科、苦苣苔科、桦木科和胡桃科等的分类有精湛的造诣，先后发表学术专著50余部，发现的植物新种在百种以上，新属10个。在国内外植物学界，他声誉极高。1955年，他当选为中国科学院学部委员。

1949年后，陈焕镛领导编写出版了《广州植物志》，这是我国第一部比较完整的地方植物志；接着又担任主编，编写出版了一部有450万字、分为4卷的《海南植物志》。尤其是后者，凝结了他数十年的心血。

1959年底，陈焕镛来北京主持《中国植物志》编纂，前后有六年之久。林镕回忆说：

我在北京植物所看到当时年过七旬的陈老和中青年人一样，每天从不迟到早退，出入植物所北楼大门。为了编好《中国植物志》，也为了提高全体编志人员编著《中国植物志》的质量，统一编写规格和不出现地名错误等问题，他和年轻助手一道每天工作达八小时，有时也挑灯夜战审稿，因而北楼二楼他的办公室有时灯光也亮到晚上九点，他才在秘书的陪同下回家。他的学生还反映他平时在家都是夜以继日、废寝忘食地工作。

陈焕镛治学极为严谨，一丝不苟。他观察敏锐，思路清晰，在植物分类上有不少重要发现，但从不轻易行文，都是经过广泛深入研究，自认为万无一失后，才肯发表出来。例如银杉，就外部形态而言，他早已鉴别为新属，但为了探讨部分器官的解剖学特征，获得更深入完备的资料，曾推迟两年才发表文章。观光木属和任豆属，从发现新植物到文章发表，前后长达十多年时间，在此期间，他多次到野外调查，收集资料。每篇论文写成，一定要反复推敲，往往数易其稿。凡做植物专科研究，必先广泛收集资料，特别是原始记载及模式标本，包括模式标本照片、临摹图及标本碎片。他的这种精益求精的做法，甚至被业内的同行认为过头了，过犹不及。据说胡先骕就曾经对他这一点颇有微词，明明是他先发现的新种，因为迟迟不肯发表，让外国的研究者占了先机，得到了荣誉。

陈焕镛身上，也突出地体现了老一代学人丰厚的人文素养，他好学博览，不但精于植物专业，对西洋古典文学也潜心研读。在哈佛大学读书期间，他几乎读遍了图书馆里收藏的全部世界文学名著。工作之余，常背诵莎士比亚隽永的词句。他的英文、拉丁文造诣极高，写下的英文诗句，寓意深刻，用词谐谑，精练而优雅。旅居香港时，鉴于当时国内外形势，他写了一组英文诗，表达自己爱国爱科学的心意，登载于香港《南华早报》(*South China Morning Post*)上。他一生诗作不少，可惜全毁于"文化大革命"期间。

陈焕镛一生与植物的"苦恋",成就了一个伟大的植物学家。他同样也成就了中国植物学史上的多个第一:建了第一个自己的植物研究所、标本馆,编了第一部比较完整的地方植物志,建了第一个自己的植物园,并且首次在国际学会上被选为执委或副主席,奠定了我国植物学在国际上的声望与地位。

海南岛凶险的疟疾,侵华日军残暴的蹂躏,陈焕镛都幸运地躲过了,但未能躲过"文化大革命"的劫难。1971年1月含冤去世,终年81岁。

林镕：人淡如菊

从研究所成立到1974年，20多年间，只要是在单位上班的日子，副所长林镕的午饭几乎都是包子。这在中国科学院植物所是尽人皆知的。

这就牵出了一个故事。

最初父亲中午不回家在所里吃饭，食堂里是要排队的，他去食堂，总有人给他让位，这让他非常过意不去，就等别人吃得差不多了再去。可这样还是不行，因为他的学生们把饭给端到办公室来了，他又觉得太麻烦学生们了。回家跟母亲商量，母亲当机立断："带饭吧！"带什么呢？米饭显然是不行的，那时没有微波炉，米饭凉了没法吃，带包子吧。那时没有超市，没有那么多小吃店、饭铺，没处买包子。这样，为了让父亲能够吃到当天的包子，母亲就每天清晨5点钟起来蒸包子，每天如此。蒸好的包子用蒸过的白布包好，夏天父亲就吃凉包子，冬天一进办公室就把包子放在暖气上，等到中午吃。父亲爱吃包子吗？不！父亲是江苏人，母亲是浙江人，连我们都是吃米饭长大的。但在父母两人的观念里，这是最不麻烦别人的唯一办法呀！

我从一本名为《中关村回忆》的书中，读到了上述对于林镕的描写。这本书，是新中国第一代杰出科学家的子女们对其父辈的集体回忆，讲述了老一辈科学家们的理想抱负、科学生涯、私人生活以及在"文化大革命"中的遭遇。这段文字，是林镕的女儿、北京大学生物系教授林稚兰的回忆。

也是在这本书中，她这样写道：

……父亲几十年没有节假日，没有星期天。他终日繁忙，行政工作和会议占了他太多的时间。他白天没有时间搞业务，就用晚上补回来，所以经常下班都抱一大摞标本回家。在家除了听《新闻联播》那半个小时是他休息的时间外，他通常要持续工作6—7个小时，甚至一天当两天用，直到深夜一两点。每每我们半夜醒来，总会看到台灯下满头银发的父亲伏案工作的背影。

这些文字，把一位性情和蔼、待人谦恭、与世无争、以科研为生命的科学家的形象，描绘得活灵活现，生动传神。

其实，早在林镕刚刚参加工作，到北平研究院植物学研究所担任研究员时，当时的所长刘慎谔就这样评价他：林镕是一个聪明好学、不太愿管别人的事也不太得罪别人的人。他自己很用功，夜间睡得很迟，在半夜之前经常是看书或写东西，早晨起得较迟，凡事对人多半是好好好，很少看见他发脾气，他对待学生也是如此，所以大家对他的印象很好。

1903年，林镕出生于江苏丹阳县的一个书香之家，父亲是晚清秀才，很早就去世了，母亲含辛茹苦地抚养他长大。1920年，林镕赴法国勤工俭学，先后就读于南锡大学农学院、克莱孟大学理学院、巴黎大学理学院，于1930年以高水平的真菌学论文通过了学位考试，获巴黎大学国家理学博士学位。

1930年秋，林镕回国，应聘担任北平大学农学院农业生物系教授，后任系主任，同时兼任北平研究院植物学研究所研究员。当时我国种子植物分类学研究基础薄弱，既没有编出适合自己国家用的教材，也缺乏鉴定菌类寄主植物时可供参考的书籍。由于林镕具有比较广博的植物学知识基础，他决定改行研究种子植物分类学，并且很快做出了成绩。1931年他与刘慎谔合作编著出版了《中国北部植物图志》第1册旋花科。过后不久，他就选定了难度较大的龙胆科植物和菊科植物作为自己的主要研究方向。1933年，编著出版了《中国北部植物图志》第2册龙胆科，此后还发表了一些龙胆科和其他高等植物分类的论文，受到国内外同行的重视和引用。

林镕最重要的成就，是关于菊科分类的研究，他是我国最著名的菊科分类学家之一。菊科是种子植物中属种最多的一个科，在我国已查明的就有240余属，约3000种。菊科植物中有许多药用植物、油料植物以及其他经济植物，研究菊科植物对开发利用我国的植物资源具有指导意义；了解菊科植物的种类、分布、习性和亲缘关系等，对于阐明中国植物区系的起源和发展也有重要的理论价值。

林镕经过长期的科研实践，发表了大量的菊科植物分类方面的论文，发现了菊科的一个新属，即重羽菊属。他还记载和探讨了近千种中国菊科植物。林镕非常重视对于文献的收集，从1929年起，几十年如一日，他将国外植物分类学家们对中国和邻近地区菊科植物所做的记录的原始文献，包括每一个种、亚种、变种甚至类型的原始记录，分种、分属检索表，对其地理分布和生态环境等的记录都收集起来，标明来源，并按照族、属、种加以分类整理，其中大部分还附有复制的或由他亲自绘制的各种精美插图，以及对各个分类群的初步鉴定意见。令人赞叹不已的是，限于当时的条件，这样大量的文献记录工作，全部是他亲手抄录完成的。最后他还把它们分别装订成册，一共有40卷，仅菊科就有37卷，涉及中外书目数百种。这一卷卷付出了毕生心血汇录整理成的文献，正如他的学生所说，是一部"中国菊科分类文献大全"。

经过林镕的精心整理，这些资料十分完善，据他的学生回忆，在后来编纂《中国植物志》时，有很多根本不需要改动，就直接编了进去。《中国植物志》中，菊科植物共7卷11册，在全书中所占的数量最多。由此可见，林镕所做出的贡献是何等杰出。

林镕的细致是体现在各个方面的。在标本整理上，他也同样仔细和认真。

弄清中国植物资源，标本整理和文献收集具有同等重要的意义。林镕很重视标本的采集，也很重视标本室的建设和标本的整理。20世纪40年代，他曾经担任厦门大学生物系教授、系主任，那几年间，他曾带队到过福建很多地方，采集到一套较完整的福建植物标本，共有数千号。他对标本室的工作也很熟悉，植物研究所标本馆的菊科植物标本共有100多柜，都是他亲自带着学生整理归档的。从标本分属、分种的鉴定，到写名签、贴名签、夹纸下方的种属名称贴标，直到分类入柜，整理标本的每个步骤，他都不让别人代劳。经他整理的这部分标本，排列井然有序，查看时一目了然，使用起来极为方便。

林镕非常重视对学生的培养，诲人不倦，循循善诱。他既有研究心得，又有授课经验，讲解每一科时，都会拿出该科代表性植物的标本，比如讲槭树科，就拿着一个槭树标本给大家看，讲这个科的植物的主要特征，像木本、叶子对生、单叶等等，一边讲解，一边在黑板上把花的纵切面图画出来。这一切给王文采留下了深刻的印象，当时他是北京师范大学生物系三年级的学生，学校请林镕来讲植物分类学。

1948年5月初，林镕带领全班同学到北京西郊玉泉山实习，在野外遇到开花的紫花地丁、蒲公英等植物，林镕随手采起，讲这个植物所属的科属特征怎么样，花的构造怎么样。从蒲公英花的构造，讲到菊科的一个大群的特征，娓娓道来，妙趣横生。这次实习，更激发起了王文采对植物分类学的兴趣。后来，王文采和同学结伴去八达岭、南口、门头沟等地，采集了不少标本，拿来向林镕请教，林镕脱口而出，说出其名称及科属，并一一写出它们的拉丁文学名，让他钦佩不已。因此，在晚年回忆起这一切时，王文采仍然充满感情地说："林镕先生是我的恩师。"

学术的精湛之上，更有人格的崇高。林镕在植物分类学研究上有精深的造诣、丰富的经验，且掌握了大量的文献资料，但是，他从不把这些据为己有，而总是毫无保留地提供出来，让大家共同使用。更令人钦佩的是，有一些重要的发现，只要再做一些研究，就可成为很有价值的成果，但他对此毫不计较，主动让学生去研究。抗战期间在福建时，他曾发现川苔草科在我国分布的新记录，就把这个发现告诉他的学生，指导这位学生写成论文发表。1974年他发现了菊科的一个新属，也让自己的学生去研究后共同署名发表。学生所做的研究工作，虽然都经过他的指导，并且所写论文都经过他审阅和修改，但他从不让学生在论文中署上自己的名字。而他自己所写的论文，哪怕学生只做了一点微薄工作，他都主动署上学生的名字。林镕这种崇高的科学道德品质，使他的学生们深受感动。

林镕也是一个多才多艺的人。

他擅长书法、绘画和篆刻。刻有各种篆体的、大小不一的印章20余枚，大部分是他的名、字、号，不过因为工作繁忙，刻章的爱好后来不得不放弃。但绘画的爱好倒是没有完全放弃，因为还要给所整理的资料、给《中国植物志》和其他文献绘制植物形态图和解剖图。看过他所画的植物分类图谱的人，都感觉获得了一种十分愉悦的审美享受。

他不但能写能画，对古诗词也有很深的造诣。他收藏有大量历代名人的诗集、词综，并编写了一个《林氏藏书词籍目录》，将所藏词籍按词论、词律、词韵、词乐和词选编目。他在薄薄的毛边纸上，用娟秀的小楷，汇总抄录了他自己抗日战争期间居住在陕西、福建时创作的六十余首词，并装订成册。词中抒发了对祖国大好河山沦陷的痛苦、对日寇的愤恨，表达了自己炽热的报国之志。

在《中国植物志》第76卷第1分册"菊花"中，林镕就有这样一段描述："菊花或秋菊自古以来就是深受我国人民喜爱的一种花卉植物。这不仅仅是由于它的丰富各异的色彩，或白之素洁，或黄而高雅，或红或紫，沉稳而浑厚；也是由于它的头状花序的奇特姿态，或飘若浮云，或矫若惊龙。"文字不长，但足以见出其文采。

林镕以研究菊科植物而闻名于世，而他的淡泊而崇高的人格风范，也让人想到了一个成语：人淡如菊。

第七章　风雨

Chapter Seven

七年停顿

共和国的发展历程，就仿佛一艘巨轮航行于大江之上，航程中不会总是风平浪静，而是时常会遭遇急流险滩，暗礁旋涡。

1966年爆发、持续长达十年之久的"文化大革命"，使党、国家和人民的事业遭到严重的挫折和损失，知识分子和他们所从事的工作，自然也毫不例外。在此前，知识分子作为改造的对象受到了批判，但因为国家建设离不开科学，研究科学要靠知识分子，所以通常是一边改造一边工作。具体到植物分类学研究领域，虽然备受干扰，但编志工作尚还在学术的轨道上进行。

但到了"文化大革命"时期，情况发生了急剧变化，正常的工作和生活被严重扰乱。工宣队（工人毛泽东思想宣传队）、军宣队（解放军毛泽东思想宣传队）进驻科研单位，各种动员、揭发、批斗会、清理阶级队伍的运动，接踵而至。中国科学院不是世外桃源，自然也难以幸免。全国各地的植物所、植物园的植物分类工作被视为"封、资、修行为",各项正常的工作无法进行。《中国植物志》编委会被撤销了,编委会的办公地点"黄房子"都改成了托儿所,整个编纂工作陷入停顿。

大多数视科学研究为生命的植物学研究工作者,内心深处都备感困惑,不理解为什么会这样,更是十分着急,却丝毫没有办法。

国内是这样的艰难局面,与国外的学术联系也是完全停滞。

学术研究,离不开与同行的交流,要在相互切磋中推进。特别是需要向学术水平更高的国外同行学习,才能了解当前学科的发展水平,使自身得到提高。

1949年后,原先比较频繁的中外学术交流,因为种种原因,变得稀少。到了"文化大革命"期间,这种交流彻底断绝了。1967年9月,美国加利福尼亚大学植物标本馆来函,说在20年前曾借中国5份标本,其中2份为模式标本,希望告知地址,以便奉还。当时植物所一直不予答复,理由是"美帝一直想通过植物标本或种子交换突破缺口"。1971年,美国哈佛大学阿诺德树木园主任何文德(Richard A. Howard)曾经致函国务院有关领导人,表示哈佛大学愿将与中国植物学家的长期友谊接续下去,希望前来北京,造访各大植物园及标本馆,同时致函中国科学院植物所,希望促成此行,但被谢绝。1975年世界植物学大会在苏联列宁格勒召开,苏联方面通过中国驻法国大使馆与中国相关机构联系，邀请参加，被中国科学院拒绝。

这种自我封闭的做法，今天看来十分荒唐，但在那个年代，却是再"正常"不过。得不到研究文献与标本，不了解国外学术发展的现状和水平，既影响国内研究的进展，也影响志书编纂的质量。

…………

1965年12月，第一任主编钱崇澍辞世。

1971年1月，主编陈焕镛在广州被迫害致死。

《中国植物志》的许多编者，也受到不同程度的迫害与摧残。特别是老年植物分类学家，在这段时间中，有的逝世，有的丧失了工作能力，如刘慎谔、胡先骕、耿以礼、张肇骞、裴鉴、钟补求等知名专家，无法将他们毕生工作的成果总结出来。对于中国植物分类学研究来说，这种损失是巨大的、难以弥补的。

从1966年"文化大革命"开始，其后的七年中，编志工作被迫全部停工。七年，两千多个日夜，宝贵的时间，宝贵的生命，就这样被浪费掉了，实在令人扼腕叹息。

损失也是多方面的、系统性的。"文化大革命"期间，全国的大学停止招生，导致植物分类学界也出现了断档，后继乏人；全国各地的植物分类学研究室积累多年的标本资料，都遭到不同程度的破坏，有许多一经毁坏，再也难以恢复。甚至许多植物园都难逃厄运，或者长时间被关闭，杂草丛生，满目荒芜，或者被改造为农田林场，丧失了科学研究和科学普及的功能。

劫后重生

十年"文化大革命"，无疑是一场灾难。但一切事物的发展，都呈现出不同的阶段性特征。在"文化大革命"后半期，一些工作开始向着正常的状态回归。在这种背景下，1972年2月全国计划工作会议召开，制定了一系列经济调整的措施。

为了落实会议的精神，这一年的6月6日至20日，中国科学院在京召开了生物科研工作会议，会议上提出"继续编写《中国植物志》"。

不久，中国科学院植物研究所革委会业务组向中国科学院打报告，请求召开《中国植物志》工作会议，陈述了尽快续编这部志书的理由：

有些老年研究人员、教授等，毕生研究某科植物的分类工作，积累了较为丰富的资料和经验，过去是承担该科《中国植物志》编写任务的，现在这些人大多年纪更老、身体更弱了，如不及早组织他们进行编写，到他们完全不能工作时（近年来已有几位这样的老科学工作者去世了），重新培养人才，就必会拖延更长时间，多走许多弯路，造成不必要的损失，因此继续编写《中国植物志》的工作应该及早、尽快进行。

看得出，报告的行文言辞十分恳切，反映出了大家心中普遍存在的急迫感。

这个报告中，还提出了三项具体的建议：第一，恢复"中国植物志编辑委员会"工作；第二，召开《中国植物志》编写工作会议；第三，建立全国植物标本馆。

这个报告是1972年7月24日由植物所递交上去的，中国科学院的反馈很快，不到一个月，8月17日即发布通知，请有关部门和研究所准备召开"中国动植物志编写工作会议"。但因为还需要经过种种报告，并报请国务院批准，整个程序走下来，半年时间就过去了。

第二年的2月19日，会议在广州举行。因为中国科学院生物学部将《中国植物志》《中国动物志》《中国孢子植物志》三部志书的编写工作，在这个会上集中讨论研究，所以这次会议又被称为"三志"会议。

在这次会议纪要中，记录了一些成为与会者共识的原则性的要求。譬如：编写动植物志，要在普及基础上提高，要讲求严密的科学性，反映出中国的水平；既要保证质量，又要争取速度，既不能因贪多求快而影响质量，也要避免因对质量的不切实际的要求而拖延时日；工作部署上要分清轻重缓急，对于与经济关系比较密切、科学意义比较重大和资料比较丰富的动植物类群，尽量集中力量，先保证编写完成；正确处理编写中国动植物志与地方动植物志的关系，注意发挥中央和地方两个积极性。

这些原则，是来自具体编志工作中的经验体会，在当时的"左"倾狂热气氛中，是一种颇为难得的理性的声音。

会上，对原来计划的"八到十年完成《中国植物志》编写和出版"进行了调整，改为用30年时间完成，即从1959年到1989年。会议还制定了今后三年计划（1973—1975年）和后五年的规划（1976—1980年）。计划三年后完成26卷，规划再五年完成52卷，十五到二十年后，完成全部80卷。对编写中的具体问题，如人才培养、赴京工作人员安排、标本借阅、图书资料收集、标本补点采集等，都做了安排。为了保证编写质量，编委会还制定了《中国植物志审稿办法》。

此时，主编钱崇澍、陈焕镛已经先后辞世，老一辈的植物分类学家大多也已故去，或者年老体弱，不能正常工作。因此在工作恢复的初期，首先调整了编委会正副主编和编委。会议决定林镕任主编，吴征镒、简焯坡、崔鸿宾、洪德元任副主编，并增加了汤承宗、陈心启、李锡文、戴伦凯、何业祺等中青年编委。

恢复工作后面临的第一个问题是，人手十分缺乏，原来的编写人员，在"文化大革命"爆发后已经星散各地，难以联系上。编委会便派崔鸿宾、夏振岱到青、甘、赣、浙、云、贵、川、两广等地，前后历时两年，寻访原《中国植物志》编委、各参与编写单位，向其单位领导介绍编写《中国植物志》的目的和意义，争取单位的支持，并组织座谈会征集建议。通过"拜老师、交朋友"，征得大多数单位同意，逐步恢复并发展了编志队伍。

在"三志"会议上被任命为副主编的崔鸿宾回忆说：

大多数协作单位很快给编委会寄来了编写计划表。恢复编志后，不少编者在植物所房舍十分简陋、设备严重缺乏的条件下坚持工作。编委会没有房舍，外地来京的编著者们借用植物所出差同志的办公室，四个人一间，挤在招待所简陋的客房里。南京植物所的陈守良在床板上打字；昆明植物所的李锡文独自背着一公尺多厚的唇形科文稿，坐好几天火车从云南到北京来交稿；零下十几摄氏度取暖不足的情况下，东北林业土壤研究所王战、方振富穿着皮大衣，将标本摆放在地上或脚手架上，一边看一边编写。当时食品也十分匮乏，经常以两个窝窝头和一块咸萝卜干充饥。就在这种条件下，大家夜以继日埋头苦干，到1974年竟然有6卷（册）完成交稿。

　　编志工作中，信息沟通十分重要。因此，从1973年开始，编委会不定期编辑油印《编写工作简讯》，通报编写工作进展情况、编委会及常委会议的内容及决议，交流编写工作经验，就学术问题展开讨论和争鸣。它成为编者和编委会之间的纽带，对促进编写工作、保证编写质量，起到了积极的作用。到2001年，一共编印《编写工作简讯》89期。

　　编委会还编印一些工具性、资料性的刊物和图书，内部发行，供编志人员使用。也是从1973年起，定期编印《中国植物志参考资料》，其中最重要的是《中国植物志参考文献目录》，收集了与《中国植物志》有关的东亚地区的植物分类学文献资料，以当代文献为主。与此同时，还收集编写植物志所需的各方面资料，编印了云、贵、川、青、藏等各省区的地名考证，拉丁文术语汇编，书刊及著者姓名缩写等工具书性质的资料，对统一编写规格和提高编志质量起了重要作用。

　　经过多年烦琐而庞杂的资料收集、剪贴、分编、打印等一系列工作，到1982年时，编写人员一共为《中国植物志》的编写提供了30多册资料，汇编了自1958年以来的植物学文献目录，印发了其他资料20期，有效地服务了工作的开展。

　　然而，事情的发展一如既往的复杂曲折，波澜不断。

　　"三志"会议重新启动了编志工作，但仍不顺利。1974年初，"批林批孔"运动在全国开展，本来有所恢复的秩序又被破坏，编志工作再一次受到明显的冲击。"三志"会议被诬为"黑会"，是"举逸民""继绝世"。对于正在进行中的工作，无疑是沉重的打击。在这种形势下，辽宁的一个协作单位，几乎推掉了全部编志任务。

极"左"思潮的阴影无处不在，影响到编纂工作的正常进行。植物拉丁文学名中有formosa，源于16世纪葡萄牙人对中国台湾的称呼，后来西方学者将许多原产于台湾的植物，以formosana作为种名，意为产于台湾，如台湾榕（*Ficus formosana* Maxim）、台湾灰木（*Symplocos formosana* Brand）等，在当时，这些名称被视为涉嫌"两个中国"，导致《中国植物志》不能出版。学科发展有其自身的历史，这些植物名称已经被世界各国广泛接受，一个国家单独更改，势必造成混乱。因此，编委会几次会同出版社到外交部协商，才得到暂不改动的许可，但不能再以此为词根发表新拉丁文学名，也不能再出现此中文译名。

编写植物志是一项专业性极强的工作，为了保证质量，由专家集体审稿至为重要，这种做法也是编志工作的传统。但在当时，受到"开门办学"政策的影响，植物所也提出要"开门编志"，要求组织工农兵群众审稿，并规定在交稿时要同时提交"开门编志"的经验。这样的做法，显然就放松了编写工作的专业性资格要求，也影响了志书的质量。

受到诸多影响的编志工作进展缓慢。按照计划，1973年应该完成10卷，实际只完成4卷；1974年计划完成8卷，实际也只完成4卷。这些完成的卷册，也都是在"文化大革命"前已经基本撰写完毕，或者有相当基础的。而那些新近组织编写的卷册，几乎没有什么进展。有些单位是人员、经费条件无从保证，无法完成，有的单位则根本没有开始工作。

1974年12月，才出版了《中国植物志》第36卷（蔷薇科一部分），与1963年第68卷的出版，相隔长达十一年之久。

综合当时的整体情况看，《中国植物志》的编研工作，是有所恢复，但还远远谈不上正常。就像一个腿脚不便的人，在遍地泥泞中艰难地跋涉一样。

给标本盖房子

"工欲善其事，必先利其器。"《论语》中的这句话，揭示了工具的重要性。对于科学研究来说，必须具备一定的物质条件，工作才能有效地开展。

进行植物分类学研究，两种基本材料不可或缺，一个是标本，另一个是文献。标本比文献更重要，它是第一位的，先有标本，然后才有记录对其进行整理和研究的情况的文献。

这些采集来的植物标本，通常是经过干燥后，小心装订在硬台纸板上，贴上有关的资料，包括记录采集时间、地点和采集人姓名的采集标签，以及由植物专家鉴定的定名签。这样制成的标本，再按照分类系统或字母顺序，分别存放在分层的标本柜中。只要妥善保存，这些标本可以历经数百年都不会毁坏，被一代代研究者使用。

人要住在房子里，标本也要有地方存放。标本馆，就是标本栖身的房屋。

16世纪初，意大利一位植物学教授哥亥尼发明了压制植物干标本的方法，他的学生茨博于1532年建立了植物学史上的第一个植物标本室。那时，欧洲植物学家的植物调查采集范围已经超出欧洲，他们根据采自其他大洲的植物标本，发现了许多新植物。标本室的建立和世界范围的植物采集，促进了植物分类学的发展。

到了18世纪中叶，瑞典著名植物学家林奈的植物标本室收藏有采自欧洲、北美洲、南美洲、非洲和亚洲的标本约16000份。他于1753年出版的《植物种志》一书，就是根据这些标本编写的，记载了7700种植物。他根据雄蕊的数目、愈合等特征将这些植物划分为24纲，建立了一个新的人为分类系统，并接受17世纪意大利植物学家包兴创立的双名命名法，给每种植物命名。林奈这部著作的问世，也是近代植物分类学诞生的标志。

此后，欧洲各国对世界植物的采集工作继续蓬勃地开展，到19世纪末，在英国伦敦、法国巴黎、德国柏林、俄国圣彼得堡、瑞士日内瓦等地，都出现了收藏数百万份植物标本的大标本馆。同时，也出现了多部植物分类学的大部头著作，如瑞士分类学家德堪多父子编著的世界植物志《植物界自然系统初编》（1823—1873）、英国分类学家本瑟姆和胡克合著的《植物属志》（1862—1883）、德国分类学家恩格勒和波兰特主编的20卷巨著《植物自然分科志》（1887—1899）。这些著作的出版，为植物分类学的发展奠定了重要基础。到现在，进行种子植物各科、属的植物分类学研究，仍需参考这些著作。

如果没有大标本馆作为依托，很难想象它们能够编写出来。

曾经担任过中国科学院植物所标本馆馆长的王文采院士，结合亲身体验，指出了植物标本对研究的重要性：

在这方面，我有一个亲身体会。20世纪90年代初，我在研究我国毛茛科铁线莲属时，对过去此属专家建立的分类系统（认为具有直立萼片、被毛雄蕊的群是此属的原始群）产生怀疑。由于我国近代植物分类学研究从20世纪20年代才起步，历史较短，我国的植物标本馆收藏的主要是采自国内的植物标本，国外标本很少，因此要对像铁线莲属这样分布较广的属进行全面的研究，就必须访问像邱园标本馆这样的大标本馆，才能解决问题。因此从1996年到2001年，我先后访问了美国和欧洲的10所植物标本馆，对此属分布于世界六大洲的350余种植物的大量标本进行了深入研究。在工作结束时，我认识到此属重要花部器官形态特征的演化趋势：（一）萼片水平开展→向斜上方开展→直展；（二）雄蕊无毛→花丝有毛，花药无毛→花丝和花药都有毛；（三）雄蕊药隔顶端钝→药隔顶端突出成短到长的尖头；（四）花两性→单性。根据上述演化趋势，我认识到此属的绣球藤群（花两性、萼片水平开展、雄蕊无毛、药隔顶端钝）才是铁线莲属的原始群，而过去此属专家确认的原始群实为此属的进化群，这样，我对此属过去的分类系统做出重大修改。

《中国植物志》得以成功编纂，也是因为拥有丰富的标本。

今天中国科学院植物研究所标本馆丰富的收藏，来自多个渠道——

首先要归功于胡先骕和刘慎谔两位前辈，中国植物分类学研究的奠基人。他们在各自创建静生生物调查所和北平研究院植物学研究所之初，即高度重视标本采集工作，派采集员到各山区采集植物标本。此外，此两所还与广州的中山大学农林植物研究所、南京的中央研究院植物所进行大量标本交换。

经过大约20年的努力，两个研究所的标本馆各自拥有了丰富的标本。新中国成立后，两个研究所合并，两所的标本馆也重组，合并后共有标本30多万号，其中包括全国大多数省区的标本，但西藏、新疆南部、黑龙江大部等地区的标本尚缺乏。

此后，植物研究所组织或参加多支调查队，到全国各地考察采集。大规模的综合考察队有黄河、新疆、青藏、云南等队，小规模的有河北、内蒙古、广西、江西、青甘、山西、四川、河南、贵州、武陵山区等队。在大约五十年中，采到大量植物标本。

1956年，钟补求将他父亲钟观光采集的存放于北京大学植物标本室的全部珍贵标本和五千多册本草古籍图书，赠送给植物所。

…………

这样，植物所标本馆拥有标本数量迅速地增加，合计达到

200多万号。

数量巨大的标本，需要一个合适的存放场所。

最初，静生生物调查所和北平研究院植物学研究所的标本是各自存放的。两所合并重组后，静生生物调查所的大楼成了中国科学院的院部办公楼，其标本和图书，都搬迁到原北平研究院植物学研究所的大楼陆谟克堂三层的标本室中。这个标本室面积大约600平方米，当时就不够用，显得十分拥挤。以后逐年采集，不断增加，拥挤情况越来越严重。许多标本不得不存放在一些条件非常简陋的环境中，对于标本的保存和管理十分不利。

1957年2月，植物所第一次学术委员会扩大会议在北京召开，会议建议设立全国植物标本馆，总馆设在北京，由植物所领导。会议确定在植物园内东侧一带兴建新标本馆，2万平方米的规模，用于现有标本的收藏和研究人员办公。建筑材料都已经准备好了，但是，不久后的"大跃进"运动打乱了计划，在短期的癫狂后，国家又突然陷入严重的经济困难，建造工作也随即停止了。

标本馆虽然未能修建，但标本数量仍在急剧增加，只好将标本柜放在各研究室、走廊、楼梯拐角处、厕所旁等处，这样仍然放不下，只好将存放地点增加到北京动物园内植物所以外的地方，如西颐宾馆北楼、香山北京植物园等，共计11处场所。这些地方并非正式标本馆，不具备防虫防霉等条件，致使不少标本因虫蛀、发霉而损坏，丢失的情况也时有发生。

时光流逝，几年后，陆谟克堂标本馆拥挤问题又被提了出来，大约1974年，植物所分类室多位研究人员联名向中央领导写信，呼吁批准在香山修建国家植物标本馆大楼，得到中央的重视。

建馆工程于1979年开工，到1983年完工，历时四年之久。新馆为六层大楼，建筑面积1.1万平方米，彻底解决了标本存放问题，对于分类学研究工作，以及《中国植物志》的编写起到了极大的促进作用。1984年，分类室从动物园陆谟克堂搬进了香山新馆。

今天的植物所标本馆，是亚洲最大的植物标本馆，标本总藏量270万号，其中腊叶标本254万号，涵盖了中国高等植物中80％的苔藓植物、95％的蕨类植物和90％的种子植物。这些标本中还包含模式标本近2万份，来自世界上100多个国家和地区的标本24万余份；另有植物种子标本8万份和化石标本7万份。馆内保存最早的标本，是1805年采自美国的一份绣线菊属植物标本。就收藏的丰富性和代表性而言，堪称亚洲一流，是我国植物多样性保存的重要基因库和现存各类植物的巨大的信息库。它还与世界上100多个标本馆建立了标本借阅和交换业务。

除了收藏丰富，标本馆的检索方式也很现代化。库房中的所有腊叶标本，都按照统一的科学分类系统排列，如同一部巨大的立体式的植物百科全书。在这里，可以随时查阅到一百多年前的标本。

在中国科学院"知识创新工程"的相关经费支持下，标本馆从2002年夏开始了大规模的装修，一年后完工。装修后的面貌焕然一新，硬件条件得到了前所未有的改善，中央空调系统、恒温恒湿设备等装备，使标本馆保护和保藏标本的综合能力明显提高，为科学研究及野外考察提供了更好的条件和氛围。

我数次来到标本馆采访，每次都有一种特殊的感觉。

一走进植物所的大门，首先望见的就是灰白色的标本馆大楼，在前方几百米外矗立着，既气派又沉静。大楼的外立面上，是无数个镶嵌着的方格，造型十分独特，让我联想到一个个存放资料的抽屉。走进楼里，静谧的氛围，舒适的环境，走廊两边墙上的彩色植物图画，让人的心顿时静了下来，对科学殿堂的丰富和玄奥，产生了一种真切的感觉。

走进收藏标本的房间，长长的通道的一侧，是一个个排列整齐的标本柜，里面存放了成千上万的植物标本，随便取出一张，欣赏它们千姿百态的形状，端详它们细密精致的纹理，想象它们生长的环境，仿佛嗅到了山林和湖泽的气息。

第八章　春回

Chapter Eight

拨乱反正

自1977年6月起，中国科学院逐步恢复了正常的工作秩序。学术委员会制度、科技人员技术职称晋升制度、研究生招生制度等，都得到了恢复。9月份，中国科学院重新制定了各个学科的发展规划。植物研究所在起草《植物分类学规划草案》时，将《中国植物志》一书列为重点研究项目。规划是这样写的：我们认为在前八年中，应以《中国植物志》为重点项目，若没有对我国绝大部分植物种类的清楚了解，不但植物学的另一些基础工作，如植物地理学、古植物学、孢粉学的工作会受到妨碍，就是对野生植物资源的开发利用也会受到大大限制。一个国家有无自己编写的植物志，不但标志一个国家植物分类学的水平，也是衡量一个国家植物学发达与否的标志之一。

这一年，拨乱反正，平反冤假错案，在全国各地、各个行业、各个部门，如火如荼地展开。中国科学院植物所为胡先骕、汤佩松、秦仁昌等一批在历次运动中遭受到批斗的专家恢复了名誉。这些措施，都极大地激发了研究人员的积极性，大家以一种与时间赛跑、努力挽回损失的心态，勤奋工作，废寝忘食。

此时编志的步伐明显加快了，《中国植物志》的编研工作进入了高速发展的时期。1977年完成交稿的就有7卷（14册）之多，出版的也达7卷半（11册）。

1978年3月18日至31日，在经过将近一年的筹备之后，全国科学大会在北京召开。十年浩劫使国民经济濒临崩溃，亟待恢复正常，而科学技术无疑能够发挥强有力的作用。在这次我国科学史上盛况空前的大会上，邓小平发表重要讲话，强调"科学技术是生产力"，发出了"向科学技术现代化进军"的号令。这无疑是振聋发聩的一声春雷，中国科学界迎来了自己的春天。

我清楚地记得，那一个时期，整个社会弥漫着强烈的崇尚科学、尊重知识、尊重知识分子的氛围。早在科学大会召开前几个月，著名作家徐迟写数学家陈景润的报告文学《哥德巴赫猜想》的发表，就引起了极大的社会反响，各大报刊转载，一时洛阳纸贵。"攻城不怕坚，攻书莫畏难。科学有险阻，苦战能过关"，叶剑英元帅的这首短诗，更是激励了广大科技工作者努力钻研科学、攀登科学高峰。我当时还是一名中学生，记得报纸上连续介绍中国科技大学少年班的故事，那些天才少年成为大家心中的偶像。那时同学们的梦想，无一例外是当科学家。

这次会议后，《中国植物志》编写工作也开始恢复正常。就在4月1日，全国科学大会结束后的第一天，《中国植物志》编委会召集来京参加会议的分类学专家座谈，提出今后编志工作应该遵循的原则，包括这些内容：标本必须相对集中；全国志、地方志要协调组织，培养青年，老、中、青结合；《植物分类学报》要及时发表《中国植物志》的新分类群；"群众审稿"必须要以专家为主；做好图书、期刊文献的收集；调整编委；等等。

振奋人心的消息一个接着一个。这一年的12月，党的十一届三中全会的召开，使一切工作步入了正轨，获得了快速发展的制度保障。

这种春风吹拂般的气息，激荡在《中国植物志》编委会每个成员的心中。1981年1月14日至20日，中国植物志编委会第十届扩大会议在广州召开。

这次会议的中心任务，是商讨如何提高植物志的质量，加快步伐，确定具体措施，并定下了具体的目标——争取在1985年基本完成。当然，今天看来，这样的计划仍然是过于理想化的，打上了此前多年惯性思维的烙印。为了达成这一目标，编委会对过去的制度又进行了修订，对制度中不曾考虑到的情况给予了补充。

为了提高编志的质量，编委会采取了很多措施，例如，召开一些卷册的交流会，在一些地区召开座谈会等。

随着《中国植物志》稿件的增多，发现的问题也日益增多。编委会的工作由组织发展编研力量，更多地转移到提高编辑质量上来。每次审稿，都要分析研究稿件中存在的问题。编委会和科学出版社负责出版《中国植物志》的编辑于拔、曾建飞等人，曾多次举例说明，提请大家注意统稿的质量。这些要求十分细致和清楚，如要求编者做到在同一卷册或同一科属中，术语、人名、书刊名的缩写要一致，植物产地、文献引证等图文描述要做到统一；强调文献书刊凡有拉丁文学名者一律用拉丁文学名；新种应在刊物上发表；旧地名应按现行地名更正；目录、检索表与正文中的植物中名或拉丁文学名应统一，检索表中的主要区别特征应先写，不必按描述顺序；按1936年恩格勒系统，除科以上等级外，属、种及以下等级不强求一致，但应相对平衡；要改正图文不符、比例不对、形态特征画错的情况；写地理分布要注意国界；根据国务院公布的《汉语拼音方案》，统一中国人名、地名。

全国科学大会的召开，改革开放的推进，为各项事业的快速发展提供了强劲的动力。《中国植物志》的编纂也是一个具体的方面。1978年出版了3卷册，1979年出版了10卷册，1980年出版了3卷册。到20世纪80年代初，《中国植物志》一共完成编写和出版44卷（61册）。

截至1982年的统计，《中国植物志》已经出版的各卷册中，有许多卷、册获奖。例如：

第68卷玄参科获国家科委自然科学奖二等奖；

第7卷裸子植物获国家科委自然科学奖二等奖；

第63卷萝藦科、夹竹桃科获国家科委自然科学奖三等奖；

第30卷番荔枝科获国家科委自然科学奖三等奖；

第31卷樟科获1982年全国优秀科技图书奖和林业部科技成果一等奖；

第65卷第1分册唇形科获云南省科委奖；

第66卷唇形科获云南省科委奖；

第20卷第2分册杨柳科获黑龙江省科委奖、中国科学院科学大会成果奖；

....

学术交流

随着"文化大革命"的结束，中国植物学界与国外的学术交流也恢复正常。

一个具有标志性的事件，是美国同行的来访。

1978年5月20日，应中国科学技术协会邀请，美国植物学家代表团访问中国。该团成员由纽约植物园、哈佛大学阿诺德树木园等机构的专家组成，在为期近一个月的行程中，与中国科学院植物所专家进行了广泛的交流。代表团返回美国后，即寄来了植物标本、种子、研究资料及照片。

以此为开端，中国植物学界与西方国家的学术交流恢复正常。

这一年的6月4日，英国植物分类学家、邱园副主任兼植物标本室主任格林也来植物研究所访问。他来华的主要目的是为其撰写世界木犀科专著查阅标本，并做了两场学术报告："邱园植物学研究概论"与"木犀科植物分类研究"。

第二年，1979年5月1日至6月1日，由汤佩松任团长、吴征镒任副团长，殷宏章、俞德浚、徐仁、李星学等学部委员，共十人组成的中国植物学家代表团访问美国，这是几十年之后中国植物学家第一次走出国门。他们受到美国同行的热情欢迎。

在考察即将结束时，中美植物学家举行了一个座谈会，由美方负责美中联络的密苏里植物园主任雷文（Peter Raven）主持，探讨今后双方的合作方式。经商议，确定主要在四个方面开展合作：一、图书、资料、标本样品的交换；二、中美合作采集调查；三、中美共同召开学术讨论会；四、美方组织翻译《中国植物志》等中文出版物。

中美之间的合作很快进入实质阶段。1980年8月至10月，美方派遣5人来华，联合组成中美神农架地区植物资源考察队，其费用由中方负担；第二年中方派遣5人去美国进修，费用由美方承担，进修时间为期半年到一年，其中有中国科学院植物所陈心启等人。

此后各种中外学术交往逐渐增多，中国科学院植物所与国外主要植物学研究机构建立起了正常学术关系，与主要标本馆可以进行标本交换与借阅，给《中国植物志》的编写带来便利。

对于中国植物分类学研究和《中国植物志》的编纂来说，植物标本的交流，是一个格外重要的方面。

曾经担任植物所标本馆馆长的王文采院士，曾经详细深入地谈到过这种重要性：

前面我说过，进行植物分类学研究，有两个基本条件，一是文献，一是标本。在这两方面与欧美的大标本馆相比有不小差距。在图书馆方面，植物所和兄弟所的图书馆，都缺不少植物分类方面的著作和学报，有些学报虽有，但不齐全，要想补齐，搜集完备，要花费很大的人力和物力。在开始一个类群的研究时，首先要搜集文献，如文献不全，研究工作的进度就会受到影响。改革开放后，可以到国外大标本馆的图书馆去查找文献，或托外国同行帮助复印等，这样，就可以避免受到阻碍。在标本方面，我国的标本馆在数量等方面，仍有差距。在地域方面则更大，收藏的标本主要是中国植物，国外标本方面，只有少量欧洲和美国的标本，其他国家或地区的标本则甚少或缺乏。洪德元先生在2006年初在《植物分类学报》上撰文，介绍由邱园豆科专家编著的新书《世界豆科植物》时说，此书作者研究了邱园标本馆的72万多号豆科植物标本。我看过此文后，曾去找植物所标本馆馆长李良千先生，询问我所标本馆有多少豆科标本，回答是"十二三万号"，也就是说与邱园的豆科标本相差近5倍之多，这是一个不小的差距。研究一个植物类群，应对这个类群分布区中的所有种类的标本进行研究，如有可能到野外看到活植物最好，然后才有可能对这个类群中植物的亲缘关系、系统发育等情况有所了解。像过去得自然科学奖一等奖的秦仁昌先生的蕨类分类系统，得自然科学奖二等奖的钟补求先生的玄参科马先蒿属分类系统，这些成果的取得，都是因为这两位先生分别对国外有关植物类群的大量标本进行了深入研究。也就是说，这两位先生虽然有很高的学术水平，如果不出访国外大标本馆，只在植物所标本馆工作，只能看到有关类群的中国植物标本，那么，他们就不可能取得上述成绩。

在标本方面还有另一个模式标本问题。前面谈到，我国近代植物分类学研究是在1916年之后，钱崇澍、胡先骕、陈焕镛、刘慎谔等先生先后自国外学成回国，建立了植物研究机构之后，才起步的。也就是说，在此之前，关于中国植物的分类学研究是由外国学者进行的。在17世纪末，英国学者坎宁安（J. Cunningham）到厦门及舟山群岛采集植物标本，1740年法国园艺学家汤执中（P. D'Incaville）在北京、澳门等地采集，1751年瑞典学者奥斯贝克（P. Osbeck）到广州一带采集，将所采集到的标本送给他的老师林奈研究。在林奈编著的植物分类学名著《植物种志》中，根据奥斯贝克所采集的标本，描述了37个新种，并以奥斯贝克的名字命名野牡丹科的一新属为 *Osbeckia* L.（金锦香属）。自此以后到1840年，不少欧洲学者不断到广州、北京及一些沿海地区采集。1840年鸦片战争中国战败，《南京条约》签订，五口通商，国门大开，欧洲各国的采集家更多来到我国，且深入到全国所有省、区，采走大量的植物标本，存放在各有关国家的植物标本馆中，由这些标本馆的学者们进行研究。他们根据所得到的标本，描述了大量新种、不少新属，以及一些新科。这些新种的模式标本自然存放在这些不同国家的标本馆中，这样就给中国植物分类学家的工作造成了困难。在改革开放之前，闭关自守，与外国植物研究机构没有来往，没有标本交换、借用关系，也就无法借到模式标本。

以我的亲身经历，可以体会到与国外学术交流在改革开放前后的不同。在1962年编写《中国毛茛科乌头属志》的初稿时，爱丁堡植物园劳纳（L. A. Lauener）发表了一篇关于西藏乌头属的文章。文中描述了十几个新种，我看过此文后，到我们标本馆翻阅标本，了解到我们没有这些种的标本。这时，我只好通过领导批准给劳纳写信，提出借用模式标本的请求。他回信答复说，他们植物园与我们植物所没有借用标本的关系，模式标本不能借出，但他将十余张模式标本照片寄赠，对我的工作有很大帮助。改革开放之后，情况大有改变，现在植物所标本馆与世界多数标本馆建立了联系，借用模式标本等，都比较容易办到。我最近还有一个经历，1996年我决定进行毛茛科铁线莲属的研究，以及此属的全面修订工作。我借到美国与史密桑研究所南美苦苣苔科专家斯科格（L. E. Skog）博士进行英文版《中国苦苣苔科志》的定稿工作之便，到哈佛大学植物标本馆研究该馆收藏的世界各大洲的铁线莲属植物标本，并挑出近400张标本借用。在当年冬季，这些标本就寄到植物所标本馆，至今超过10年，尚未归还。2007年5月下旬，哈佛大学植物标本馆馆长布福德（D. E. Boufford）博士来植物所，我见到他时，对长期借用标本未还表示歉意。但他极为友好地回答说，标本尽管用，如还需要其他标本，包括模式标本，只要写信告知，他即将标本寄来。他的好意，使我深为感动。就是有这样良好的学术交流机制，我从1996年到2001年先后在欧美十余个标本馆研究了铁线莲属全部种类的标本，完成并发表了此属修订的大部分工作，提出了此属的新分类系统。如果没有改革开放，这些工作是不可能完成的。

王文采的这番话，是切身说法，肺腑之言，显然有着很强的说服力。

第九章　金秋

Chapter Nine

快马加鞭

前面已经介绍过，1956年，国家十二年科学规划（1956—1967年）将《中国动物志》《中国植物志》和《中国孢子植物志》列入其中，它们被简称为"三志"。随着国家改革开放的推进，"三志"的编写进入了快车道。

然而，由于"文化大革命"的耽误，原来编纂"三志"的骨干人员，在20世纪70年代末多已进入花甲之年。这个经验丰富的队伍一旦解体，"三志"编纂工作将遭受严重挫折，因此，编志队伍亟待补充新生力量。同时，因为编志经费自1982年起改为国家自然科学基金支持，当时拨付的费用远不能满足编志的需求，积压待出版的"三志"达53册之多。

有鉴于此，时任《中国植物志》主编吴征镒和《中国动物志》主编朱弘复、《中国孢子植物志》主编曾呈奎联名呼吁：

一、"三志"工作列为国家"八五"科研重点项目，加强领导，解决必要的科研、编辑和出版经费。

二、放宽正在参加"三志"研究的人员退休年龄，使他们得以完成多年研究的成果和培养接班人。

三、应当分配一批大学生、研究生和学成回国的留学生，充实"三志"研究队伍，使我国生物分类研究后继有人。

三主编的联名呼吁，发表在1991年第2期《中国科学院院刊》上，引起国家有关领导部门高度重视，从此国家科委、国家基金委、中国科学院联合给予稳定的支持，使"三志"编纂工作得以持续推进。《中国植物志》一半的卷册，是在1991年到2004年这十几年间出版的。

研究经费经过多番努力基本落实，却又出现了出版问题。

20世纪90年代初，正值中国的计划经济向市场经济过渡的时期，这一变化波及出版行业。学术著作的出版，因其印数有限，出版社需要经费补助，才能不至于赔本。此时植物志大多卷册编写已陆续就绪，除少数获得出版基金资助外，绝大多数因无经费而不能出版。植物类群研究成果，在国际上有"优先率法规"，若《中国植物志》不能及时出版，很可能由于外国同行先行发表，反而需要修改，从而造成人力、物力、财力浪费，同时也会挫伤中国专家的积极性。

自1991年起，编委会多次打报告要求解决出版问题，却迟迟未能落实。1995年10月，编委会邀请王文采、洪德元、吴征镒等16位中国科学院院士，一同向中国科学院领导发出呼吁书，呼吁解决《中国植物志》出版经费——

《中国植物志》已完成过半，正在编研的50册是编著者毕生研究的总结，将成为近三十年研究的宝贵财富。现在这批专家年近古稀，平均年龄已达66岁。抢救这批已到手的成果将是"为山九仞，功亏一篑"的事。因此吁请解决出版费，挽救国家在几十年来投入人力、物力和财力而即将出版的巨著，力争《中国植物志》在本世纪全部出版，造福后世。

专家们的呼吁得到了重视。1998年10月，国家自然科学基金委员会下达"三志"经费共计900万元。这样，困扰《中国植物志》出版的资金问题得到了解决。

2004年9月，《中国植物志》第1卷总论出版。至此，《中国植物志》全书80卷126册全部出版，这部世界上篇幅最大的植物志终于以完整的面貌亮相，接受科学界和广大读者的检阅。

《中国植物志》的全部完成，实现了我国四代植物学家的夙愿。

一座科学的丰碑，自此巍然矗立，功在当代，泽被后世。

致敬奉献与牺牲

《中国植物志》最后一任主编吴征镒，曾经这样比喻这部志书的艰辛历程："《中国植物志》的编纂，就像唐僧西天取经一样，是经过九九八十一难才完成的。"

美籍著名植物学家胡秀英的一番话，也印证了这一点："愿意在生活方面享乐的人，不必选择植物分类学为一生的事业，因为植物分类学的工作需要苦干有恒心，像迈尔、瑞德这些老一代的植物学家，他们从来没有周末、节日或假期的。博学有恒，专心致志，一定会对人类有贡献的。"

作为一项浩大的、在数十年的漫长岁月中开展的集体工程，《中国植物志》的编纂工作涉及众多的单位和个人。它仿佛一座巨大的建筑物，建造者是一个庞大的队伍。这个队伍的成员，有设计师，有建筑师，更有不同工种的施工者。他们在各自的岗位上，用认真、勤奋和勇气，为这幢巨大的楼宇添砖加瓦，看着它一层层地变高，直到巍峨耸立、直达云天。

他们是不畏艰难的野外跋涉者。

在地质勘探界，流传着这样几句打油诗："有女不嫁勘探郎，一年四季守空房。有朝一日郎归来，背着一身脏衣裳。"其实，植物学研究的一些领域，尤其是野外考察工作，又何尝不是如此。从著名植物分类学家到普通的标本采集人员，都有自己难忘的记忆。

中国大规模野外采集的第一人钟观光，曾经在《地学杂志》上先后登载过10篇《旅途采集记》，记述了他20世纪20年代中长达四年的野外考察采集活动。他"穷幽陟险，攀藤附葛"，还屡次遭到土匪袭击，财物被抢劫一空。尽管历尽艰难，仍然矢志不渝。

民国时期，社会极不稳定，治安混乱，采集工作长时间在野外，被盗匪劫掠的事情就更容易发生。1930年，北平研究院植物学研究所夏纬瑛、刘月坡赴当时的热河省采集，出发当日就于京郊昌平县附近，遭到土匪抢掠，损失250多元，这在当时是一笔巨款。1931年，孔宪武、刘继孟在东北千山铁岭一带采集，由于当地土匪猖獗，出没山林，工作难以进行，只得终止。1935年，夏纬瑛在陕西采集时又一次遭遇土匪，损失千余元，身上的衣服都被剥走。

1932年初春，静生生物调查所派出由蔡希陶等4人组成的云南生物采集团，奔赴云南采集，一路历经了难以想象的艰难和危险，从该年5月份蔡希陶写给所长胡先骕的一封信中可见一斑：

　　生等四月八日抵盐津，为入滇第一县，在近郊采集数日，十二日入骊山，山高海拔六千尺，入夜大雾，生等折枯枝为火，九时始宿山顶小庙。途中之风激，丛林作鸣，熊豹脚迹，比比皆是，同行十余人，莫不毛管直竖，所谓心慌脚乱之狼狈状态，至此毕呈。又遇雷雨，隆隆之声，如发于耳滨。生衣单，遂病困于此穷山之中，第四日下山，体热如焦，寸步不举，只得任人捆扎，以木架背下。今病已痊愈，然犹有咳症，晨夕必发。

　　还有人为此付出了惨重的生命代价。1935年，钟观光的弟子、原中央大学农学院森林系青年教师陈谋，在经过长达一年、行程5000千米、收获1万余号标本的采集后，不幸因奔波劳累患病去世，年仅32岁。1936年，原南京中央研究院自然历史博物馆邓世纬一行7人，赴黔南贞丰采集时，因患上了恶性疟疾，4人死亡，3人病危。可以说，每一张标本，都染上了先辈们的血汗。

　　1949年后，社会安定，匪患绝迹，但野外工作仍然充满了种种危险艰辛。王文采在口述自传中，也提到了他1956年参加中国科学院和苏联科学院组织的云南综合考察时的一次历险：

　　考察团在近中山的山坡上修建了不少茅草房，才能容纳下数十名考察队员。一天夜间，大雨倾盆，帐篷已被摧毁，在第二天早上我们只好返回大本营。之后听云南大学胡嘉琪讲，昨夜雨实在太大了，她的鞋都给雨水冲走了。在这种情况下，中方副团长吴征镒先生只好做出撤退的决定。在全队下山途中，经过来时走过的一段两三百米的山谷，只见山坡上原来茂密的森林已全部被冲到山谷中，多数下卧的树干杂乱地覆盖了整个山谷，看到这样的景象，对那暴雨的巨大的威力，感到一种未曾有过的恐惧。

《中国植物志》第33卷十字花科卷的编纂，确定由江苏省植物研究所研究院周太炎主持，他是这方面的专家。他的同事佘孟兰这样回忆道：

在野外工作中，周太炎特别能吃苦耐劳。一次在浙江天目山，为了搞清竹节人参和黄连，冒着酷暑，又遇大雨，山坡路滑难行，周老师在助手们的帮助下，三次上华亭寺附近的山谷灌丛中，观察两种药用植物的生长环境及伴生植物，他不顾山蚂蟥咬伤颈部和脚部，坚持写记录，测量根部生长长度，做样方。他的这种忘我精神，深深感动了随行人员，使学生们也以老师为榜样苦干、实干。周太炎对弟子们的常用语是"不入虎穴，焉得虎子"。

《中国植物志》第16卷第2分册芭蕉科等科的负责人、华南植物所研究员吴德邻，也回忆了自己去海南岛、云南采集标本时的经历：

> 到处都是蚂蟥，走不了几十米，蚂蟥就会爬满腿。不光水里有，连天上都会掉下来。蚂蟥吸了血，本人根本没有知觉，等到身后的人看到我的衣服被血浸透了，提醒我时才知道。后来，大家发明了一种新方法，用五六层纱布包一个盐包，泡在水里浸湿，看到蚂蟥吸在腿上时，就用盐包砸上去，蚂蟥就会掉下来。在云南采集标本，要去海拔3000米至4000米的高山上，一直采到雪线为止。每天都是吃了早饭，六七点出去采，中午带一点冷饭团吃一吃。一天要采几十号标本，采回来还要精心选择适合做标本的部位，为了把它们烘干，还要烧木材、木炭，一直工作到深夜十一二点。

这样艰苦的环境，惊险的经历，别人单单是听起来可能就会感到忧虑和畏惧了，但对植物分类学家来说，却是一种工作常态。他们淡然处之，甘之若饴。特别是当工作有所收获时，那种强烈的喜悦之情足以把一切烦恼忧愁驱散殆尽。还是摘录一段蔡希陶在云南采集时给胡先骕的信，以资证明：

> 连日采集大满人意，烤制不暇，滇南天气较热，雨水丰多，

山谷中木本植物丛生，竟着美丽之花果，生每日采集时，回顾四周，美不胜收，手忙足乱，大有小儿入糖果铺时之神情。预计今岁总可获六千号左右也。

他们也是耐得住寂寞的耕耘者。

与《中国植物志》前后五位主编共事的，还有数位副主编、编委。他们担负着日常的组织协调等事务性工作，巨细无遗，繁杂琐碎。他们中有些人本来就是业内专家，是某个科属的权威研究者，因为将大量时间、精力投入到了不为外界关注但又不可或缺的工作中，难免会影响到自己的研究，但他们无怨无悔。

崔鸿宾从1973年到1994年，担任副主编长达21年之久，编委会的日常工作多由他主持管理，编制计划、检查编志进度、协调各方需求、组织协作攻关等，都由他参与组织领导，使编志进度按计划推进，较好地贯彻了编委会的各项决定，其繁杂辛劳，众所周知，也深受大家的钦佩和敬重。他是因突发心脏病而去世的。就在去世前一天，仍在炎热的标本室内，挥汗如雨地工作。

任职时间最长的最后一任《中国植物志》主编吴征镒，在其回忆录中就不无深情地称赞崔鸿宾：颇费心力，是完成编志不可缺少的保证。

像这样的默默奉献者的身影，也闪现在许多相关的岗位上，譬如科学出版社的编辑。

《中国植物志》自1959年出版第1卷，到2004年出版最后一卷，其出版者始终是科学出版社。科学出版社作为由中国科学院主办、体现国内最高学术出版水准的出版社，也是院属各研究所出版科研著作的首选。所以，《中国植物志》自诞生之日起，就注定要与科学出版社结下很深的缘分。国家新闻出版主管部门和科学出版社对《中国植物志》的出版工作十分重视，一直将其列为重大出版工程，指定责任编辑专门负责。

在组织编写之初，编委会就将《中国植物志编写规格》印发给各位编著者，出版社也据此制定出编辑体例，如各级标题字号、缩格、正斜体、图版、索引等，印发给相关编辑，要求严格遵照执行。整个《中国植物志》出版工程编写人员多、出版时间长，编辑人员也多，无论是编辑体例，还是封面、版式设计、纸张及封面漆布等，都基本做到了风格统一。能够在几十年中一以贯之地做到这一点，实在难能可贵。这首先得益于编委会严格的要求，使文稿送交出版社时，即已符合相关编写规定。其次是编委会与出版社互相配合、经常沟通，及时解决出版中的问题。

科学出版社编审曾建飞从1963年起参加《中国植物志》的编辑出版工作，一直到退休。在编委会保存下来的档案中，有曾建飞致编委会的一封短函，是由曾经担任副主编的夏振岱提供的。信是这样写的：

陈介同志编辑的《中国植物志》第53卷第1分册中的野牡丹科，其中毛药花属 *Barthea* Hook. f.，毛花药 *Barthea barthei* （Hanc）Kras. 与已出版第65卷第2分册中唇形科的毛药花属 *Bostrychanthera Benth*，毛药花 *B. deflexa Benth.* 中名同名。是否要与陈介同志商量一下，更改中文名称。

这些细微的疏漏之处很难被发现，要具备十分专业的造诣和足够的耐心细致才能察觉。而支撑它们的，只能是强烈的责任心、高度的敬业精神。正是因为有一支这样高素质的编辑队伍，才保证了志书出版的质量。

《中国植物志》每一卷册出版之后，科学出版社发行部门都积极做好发行工作，基本做到各相关研究所和大专院校都能够及时征订。出版社有关人员出国，也都会带上新近出版的《中国植物志》样书，以作交流或展出之用，广泛宣传，通过另一条途径扩大了与国外的学术文化交流。

科学出版社为出版《中国植物志》不懈努力，也为自己赢得了荣誉。2007年新闻出版总署设立中国出版政府奖，曾建飞、霍春雁等因《中国植物志》获得该奖项中的图书奖，而登上中国出版业最高领奖台。

他们更是众多的无名者。

虽然前面的记载很不详细，但提到的人物毕竟还是有名有姓的。相比之下，大量的人是以单位的名义参与工作的，他们的名字隐没在一个个单调的单位名称之后，就更不为人所知了。然而他们每个人也都对这项巨大的工程做出了各自的贡献，如果一句不提的话，实在有失公允。

《中国植物志》的编纂，是一次真正的集体大协作。在漫长的过程中，中国科学院植物研究所、昆明植物所、华南植物所、江苏植物所、西北植物所、西北高原生物所以及四川大学、南京大学、中山大学等单位，始终是主力军。此外，更有许多单位部门，不同程度地参与了这项工作。这是一份长长的名单——

安徽师范大学生物系、八一农学院、北京林业大学林学系、北京师范大学生物系、北京医科大学药学院、北京中医学院中药系、北京自然博物馆、东北林业大学林学系、东北师范大学生物系、福建师范大学生物系、福建亚热带植物研究所、复旦大学生物系、甘肃民勤治沙研究所、广西林业科学研究所、广西植物研究所、贵州生物研究所、贵州省林科所、杭州大学生物系、杭州师范学院生物系、杭州植物园、河南农业大学园林系、河南生物所、湖南师范大学生物系、华东师范大学、华南农业大学林学系、华西医科大学药学院、江苏省植物研究所、江西大学生物系、江西教育学院、军事医学科学院毒物药物研究所、兰州大学生物系、庐山植物园、内蒙古大学生物系、内蒙古农牧学院农学系、内蒙古师范大学生物系、南京大学生物系、南京林业大学林学系、南京师范学院生物系、南开大学生物系、山东临沂科委、上海教育学院生物系、上海医科大学药学院、上海自然博物馆、深圳仙湖植物园、四川大学生物系、四川省林业科学研究所、四川省林业学校、四川省绵阳市药品检验所、四川省雅安中学、四川师范大学生物系、苏州师专生物系、武汉大学生命科学院、西安植物园、西北大学生物系、西北师范大学植物所、西北植物研究所、西南林学院林学系、西双版纳热带植物园、厦门大学生物系、新疆生物土壤研究所、云南大学生态学与地植物学研究所、浙江林学院树木标本室、浙江省林业科学研究所、浙江省医学科学院、浙江自然博物馆、中国大百科全书出版社上海分社、中国林业科学院林研所、中国人民解放军第二军医大学、中国药科大学、中国医学科学院药用植物资源开发所、中国科学院成都生物所、中国科学院地理所、中国科学院华南植物所、中国科学院昆明生态所、中国科学院昆明植物所、中国科学院兰州沙漠所、中国科学院上海药物所、中国科学院沈阳应用生态研究所、中国科学院武汉植物研究所、中国科学院西北高原生物所、中国科学院植物研究所、中山大学。

当面对这部皇皇巨著时，我们应该把内心深处喷涌而出的敬意，献给每一个单位、每一位具体的参与者。

《中国植物志》的编纂工作，尽管可分为不同方面，具体内容有所差异，但也有一个共性，那就是工作整体上看都具有平淡、沉静、内向的特质，缺乏外在形态上的热闹，缺乏特别吸引人的戏剧性成分，更多的是那种寂寞中的坚守，以至于我想找到一些情节性较强的故事，十分困难。

但或许还有更为关键的一点，那就是对大多数当事人来说，所有的经历和遭遇原本都是极为正常的，不用刻意地标榜，也就没有必要记录下来。另外，当时那个年代，在信息资料的保留和传播上，也远远不具备今天这样的条件。因此，多少值得留存下来的内容，也已经随着时间流逝而湮没无闻。

但值得欣慰的是，所有这一切，跋涉和耕耘，心血和汗水，都不曾空耗虚掷，它们转化为、汇聚成一种沉甸甸的收获，一种具体可感的成果，就是这部厚重的《中国植物志》。它将穿越时空，被永久地供奉于科学的殿堂之中。

期以时日　达于至美

作为世界各国已出版的植物志中最大型、所含种类最丰富的一部志书，《中国植物志》无疑是中国乃至世界植物学研究领域的一项辉煌成就，有着极其重要的价值。

但是，它也并非十全十美。因为种种原因，它还存在这样那样的缺憾。崇真求实是科学研究的基本精神，因此，对它也应该做出全面客观的评价，包括指出它的不足。

当然，这一点并非本书主要关注的内容，更不是它所能承担的。之所以要涉及这一点，是因为这样一部划时代的巨著，一定会随着科学研究的发展，在今后不断地得到补充和修订。这里，我只想援引两位业内专家的评价。作为直接的参与者和业内著名学者，他们的看法应该具有权威性和说服力。

这是担任《中国植物志》副主编长达21年之久的崔鸿宾的观点——

《中国植物志》的出版从1959年延续至2004年，历经45年。受各种因素的影响，每一册之间的水平质量差距很大，无论收集种类的覆盖面还是研究水平都需要继续提高。1978—1985年全国基础科学发展规划要求"三志"在种属数量和地区的分布上反映我国全貌，在研究深度上反映当代水平。但由于各研究项目限时完成，标本缺乏，而多学科及各种新技术研究经费昂贵，使研究深度和水平受限。

因此，《中国植物志》在种属数量和地区的分布上，没有能够完全反映我国植物全貌，在研究深度上，也没有完全反映当代水平，还存在一些遗留问题需要进一步研究。

另外，植物志本就是一项随进随新的系统工程，其内容需要不断地修订增补；同时，科研人员在随后的实际工作中，也积累了新的标本资料，发现了新植物种及资源。因此，建议国家在人才和国力允许的情况下，应分期分批地进行修订增补再版。

王文采也是《中国植物志》重要的参与者之一。在他的口述自传中，在给予《中国植物志》高度评价的同时，他也指出了它的欠缺之处——

这部志书是中国植物志的第一版，比起欧洲具有先进水平的植物志，在如下三方面还存在差距。首先是种类齐全方面：

近代植物分类学的发展有四个阶段，第一是调查采集，第二是描述，第三是实验，第四是分子学研究。中国的调查采集阶段，从 20 世纪初钟观光教授开始算起，只有一百年的历史，至今在全国尚有不少空白地区未得到考察，这从《中国植物志》于 2004 年全部完成后，在中外的有关学报上仍不断有中国的被子植物新种及少数新属发表而可以说明。为搞清楚中国植物区系中的全部种类，还需要投入人力、物力，对空白地区开展调查、采集工作。再一方面是正确鉴定问题：在此志书的编写过程中，恐怕不少科的作者未能到国外有关标本馆查阅或从国外借到有关模式标本，缺少模式标本的研究，就有可能导致错误的鉴定。因此，需要进行有关科属的修订工作，这方面的工作量不小。第三方面：中国维管植物三千余属中，不少属都存在疑难种或复合体（complex）等情况，要解决这些问题，需要进行多学科的综合研究，这方面的工作量也很大，也需要不断投入人力、物力。从上述三个方面的问题可见，现在出版的《中国植物志》是第一版的工作，要达到国际先进水平，今后还须做出不懈努力。

在另一个地方，他也表达过类似的意思：

由于种种原因，对不少科、属，隔一段时间，就需要进行一次修订，以便澄清某些分类学混淆或对过时的分类系统进行修改，对于植物志也是一样。由于采集工作的深入，发现了新记录的种类，或由于分类学工作的深入，某些分类学混淆得到澄清，或一些植物的拉丁文学名或分类学等级发生变化等，都需要在隔一段时间之后进行修订。这些修订工作对于植物学教学，农、林、医药等方面鉴定植物很重要，对于植物学各分支学科的研究也很重要，因为在进行任何分支学科的研究时，所研究的植物的拉丁文学名一定首先要加以正确鉴定。根据上述情况可见，绝大多数的科、属，以及全国和各省区的植物志，都需要有一定人力承担起有关的修订工作。

能够秉持这种清醒理性的认识，十分重要。相信在今后的修订工作中，《中国植物志》第一版中的错讹之处会得到纠正，不足之处会得到弥补，会一步步地臻于完善，达于至美。

第十章　栋梁（三）

Chapter Ten

秦仁昌：采蕨于山

中国科学院植物研究所标本馆二层标本库对面，有一个房间，门旁的白色墙壁上，并排镶嵌着两个蓝色标牌，一个是"手绘图稿库"，另一个是"胶片底片库"。

工作人员打开房门，带我走了进去。房间很狭窄，夹在两排高大银灰色柜子间的过道，只能容下一人转身。有一个陈旧的铁皮柜上，贴着"静生生物调查所器具"的标签。工作人员将铁皮柜的门移开，里面是五层的木制柜子，每层都有左右两个抽屉。拉开一个抽屉，里面是整齐摞放的相册。他随意抽出一册，掀开赭色的硬纸封面，每一页上，都粘贴着四张尺寸相同的透明纸，每张纸里面都嵌着一张植物照片，下面是一行文字介绍。从相册到照片，都烙上了岁月流逝的印迹。

这些都是秦仁昌拍摄的模式照片。

前面提到过，1958年，在"大跃进"的狂热氛围中，《中国植物志》匆匆上马。在植物所的一次会议上，是秦仁昌率先提出，将于第二年完成一卷植物志（蕨类），向国庆献礼。好几位分类学家也纷纷表示，要在第二年拿出自己负责的科属的卷册。但只有秦仁昌承担的蕨类卷，也就是《中国植物志》第2卷，于1959年如期出版。一直到两年后的1961年，才出版了另外一卷。

秦仁昌当时敢于为自己定下时间表，显然是有底气的。他能够如期完成，实在是长久积累之后的水到渠成。

秦仁昌1898年2月出生于江苏武进的一个农民家庭。1914年考入江苏省第一甲种农业学校林科，在校长陈嵘、教授钱崇澍的影响下，立志学习植物分类学。1919年农校毕业后，考入南京金陵大学林学系。秦仁昌勤奋刻苦，成绩优异，得到了师长们的器重。由于家境贫困，在大学毕业前，被时任国立东南大学教授的陈焕镛介绍到该校兼任助教，半工半读，直到1925年毕业。

毕业后，秦仁昌担任讲师，就是从那时起，他对蕨类植物研究产生了浓厚的兴趣。在教学过程中，他发现中国的蕨类植物全是外国人在研究，涉及中国蕨类植物的文章有250篇，全是用拉丁文或英、法、德、日、俄等国文字发表的，模式标本也全部都分散在国外，而国内学校却连腊叶标本都没有。他决心白手起家，着手进行蕨类植物的研究。在此期间，他对华东、华北和华中的蕨类植物进行了实地考察，探索它们的特性与生长条件，采集了大量标本进行鉴定，并向陈焕镛提出了一些观点，得到了陈焕镛的支持，且于1926年随同陈焕镛到香港植物园标本室工作，查阅了许多标本和文献资料，更坚定了他的志向。为了研究各国的文献，他努力学习外语，熟练地掌握了英文、拉丁文和法文，还能阅读德文和俄文。他广泛查阅文献资料，并与外国学者和书商通信，通过交换、购买或照相等方式，搜集和积累文献资料。

经过多年的努力，秦仁昌基本上掌握了180多年来发表的有关中国及邻近国家的蕨类植物文献。但当时由于中国植物的模式标本都保存在欧洲各国的标本馆内，许多问题在国内无法澄清，于是他决定去欧洲进修和考察。在胡先骕的支持下，他1929年来到丹麦哥本哈根大学植物学博物馆，在世界著名的蕨类植物学权威科利斯登生（C. Christensen）的指导下研究蕨类植物分类学。第二年秋天，他代表中央研究院出席在英国剑桥大学召开的第五届国际植物学会议，结识了许多国家的植物学家。会后，为了彻底查清中国蕨类植物的模式标本，他来到瑞典、德国、法国、奥地利、捷克斯洛伐克等国的标本馆，进行短期访问研究，查阅标本。最后，他又来到英国皇家植物园标本馆及大英博物馆，进行了较长时间的系统性的研究。

英国皇家植物园，通称邱园，如今是被联合国教科文组织认定的世界文化遗产，在很早之前，就被公认为世界植物学研究中心。它有收藏宏富的标本馆，保存约5万种植物的500余万份标本，约占全球已知植物种类的八分之一，是自18世纪以来在世界各地采集的。除欧洲本土外，以南美洲、非洲和印度、马来西亚、南太平洋诸岛屿所产植物标本最多。中国的植物标本主要也集中在这里，大多采自湖北、四川、贵州、云南、广东、台湾、福建等省。

秦仁昌认为，中国植物学研究要想有长足的进步，必须要获得藏于国外的中国模式植物标本照片，让未曾出国的学者也能够参证。他在邱园历时十一个月，查阅了标本馆所收藏的全部中国产的蕨类和种子植物标本，以及邻近国家的蕨类植物标本，拍摄模式照片16000张，并做了详细记录，大量阅读了该馆珍藏的植物学名著和各种刊物，积累了大量珍贵资料。后来，他又到大英博物馆等机构，拍摄2000余张照片。从这两处得到的模式照片，共计18300张。

经过几年的不懈努力，秦仁昌的收获极为丰富。自1753年林奈首次发表中国蕨类植物以来，各国学者所发表的中国蕨类植物标本，除了一张存放在巴黎自然历史博物馆的地下室无法找到以外，其余全部都被秦仁昌观察过，做了详细研究，并写成笔记或卡片。这些宝贵的资料，为日后他创建属于自己的新分类系统，为今天中国的植物分类学研究，都奠定了良好的基础。

这些照片于1932年分批寄到国内，对于中国现代植物学的研究起了巨大的作用，堪称是一个卓越的贡献。1959年，中国科学院植物研究所对这些照片加以精选，出版了两巨册《中国植物照片集》，广为传播。

在这间库房里，我看到了这两册厚厚的照片集。

1932年，秦仁昌回国，任静生生物调查所研究员兼标本室主任期间，他将从国外收集的资料综合整理，结合自己采的标本资料，修订了他1930年编写的《中国蕨类植物志初稿》。此志的打印稿虽然一直未正式发表，却是中国人研究蕨类植物最早的两本专著之一。全稿70多万字，参阅了280多篇有关文献，记载了11科86属1200多种中国蕨类植物，是第一部比较完整的中国蕨类植物专著，被永久保存在中国科学院植物所图书馆内，供国内外学者参考。1934年，他被所长胡先骕派去江西庐山创建森林植物园，任植物园主任，他在短短的时间内就引种栽培了国内外植物7000多种，并完成了约30万字的《中国与印度及其邻邦产鳞毛蕨属之正误研究》一文，第一次清晰地阐明了这群植物的发育系统和亲缘关系。这篇专著中颇为新颖的见解，立即引起了各国蕨类植物学家的重视，也为他日后在世界性研究上取得更大的成就打下了基础。

经过多年的标本资料积累和对蕨类植物的外部形态、解剖结构以及生态环境的比较，他对当时包括全世界1万多种植物的"水龙骨科"进行了开创性的研究，在1940年发表了《水龙骨科的自然分类》一文，把100多年来囊括蕨类植物80%的属和90%的种的混杂的"水龙骨科"，划分为33个科249个属，清晰地显示出了它们之间的演化关系。该文的发表，标志着一个崭新的经典的自然分类系统的诞生，解决了当时蕨类植物学中难度最大的课题，在世界蕨类植物系统分类发展史上取得了重大突破。文章一发表，立即引起了国际蕨类植物学界的高度重视，当年即荣获荷印隆福氏生物学奖。这一发现，后来被称为"秦仁昌系统"，也使他成为世界蕨类植物系统学三大权威之一。

王文采院士的回忆也印证了这一点。他说道：

> 在改革开放以后，英国一个叫杰米（Jermy）的蕨类专家，特意到中国来，与他商讨学术问题，到中关村他家里拜访。他腿摔了，行走困难，不能来所上班。日本及世界各国搞蕨类的专家都来看他。在钱老、胡老的学生中，能在国际上产生影响的，就他一个。

秦仁昌于1993年获得国家自然科学奖一等奖，王文采也认为是理所当然、实至名归。

秦仁昌在专业领域之外，还具有多方面的才能。王文采就曾十分钦佩地说道："在植物所所有老先生中，他最精明，干什么都成。"抗战期间，时任江西庐山森林植物园园长的秦仁昌，将庐山森林植物园迁到云南丽江，因为经济困难，他进行应用技术研究并取得成功，开办了松香厂，出售松节油和透明松香，用赚到的钱维持植物园的生存，同时坚持采集标本，并继续他的蕨类植物研究。

1959年，他率先完成了《中国植物志》第2卷蕨类植物。按照计划，《中国植物志》中蕨类植物共5卷（第2至第6卷），到1964年，他已经为其他四卷蕨类植物中的近三卷准备了初稿。

"文化大革命"期间，作为学术权威，他受到了严重冲击。祸不单行，一次乘坐公共汽车时，秦仁昌不幸被挤倒，小腿骨折，从此无法行走。但对于酷爱自己事业的秦仁昌，这些磨难并不足以让他放弃，他一直没有停止蕨类植物研究，仍然密切注意国际植物学研究动态，收集分类学、形态学和细胞学以及化学分类学、数量分类学等各方面的有关资料，通过年轻人来往家中递资料，不断充实和修改自己的分类系统。"文化大革命"结束后，1978年，他在以前研究的基础上，发表了《中国蕨类植物科属的系统排列和历史来源》一文，标志着他的蕨类植物系统研究达到了一个新的水平。该系统已为全国植物学界和各标本室所采用，1993年他被授予国家自然科学奖一等奖。

我读到了一篇用英文写成后又翻译成中文的文章《贺兰山植物采集记略》，是秦仁昌1933年带队到内蒙古、宁夏一带进行采集时，于5月10日至16日之间写下的记录。下面的文字就节选自这篇文章：

植物组考察的第一个地点叫作哈拉湖沟，从定远营衙门经过大约30里的一个缓坡和驴道，我们于5月10日到达沟口外约7300英尺的地方。沟内道路崎岖，间有巨石、溪流纵横。我们的驴子在这样的路上走起来非常吃力，徒步倒还可以忍受。沟口内几里路都是裸露的山坡，间或有一些云杉（*Picea asperata*）幼树，谷底主要覆盖着几种有花灌木（*Salix caprea* L., S. miscrostachya Turcz., *Populus cathayana* Rehd.），沟谷中每隔10—15里便有伐木人的小窝棚。

哈拉湖沟有两条岔道，一条在沟内13里处，往东南方向，叫五子沟；另一条往正北方向，叫王得林子沟，可以通向水磨沟。我沿着五子沟前行了约15里，爬上山脊，花了3个半小时爬到了12200英尺。令我惊讶的是，距离其他山脊还有很远，估计海拔在15000—16000英尺。冰雪仍然覆盖着背阴的北面山坡和峡谷，10000英尺以上的树林被冰冻的苔藓覆盖着，地面的腐殖质刚刚解冻，高处的山脊依然积雪。唯一的道路就是沿着几乎垂直的山坡上的伐木道，攀爬极为困难，砍伐的木材沿着山坡一直滚到谷底。哈拉湖沟南面的森林为云杉纯林，一直到海拔14000英尺，再往上，除了一些坚韧的低矮灌木几乎没有什么植被了。

水磨沟与先前经过的峡谷有着显著的区别，这里全部是油松（*Pinus tabuliformis* Carr.）纯林，而并非云杉，不知如何解释这种变化。*Populus tremula* L.常见于低处山坡，常与松林形成混交。两条峡谷林下的灌木较相似，只是水磨沟的紫丁香*Syringa oblata* var. *giraldii*（Lemoine）Rehder 为数较多，正值花期，开出大量的紫色花朵，令人愉悦的芬芳，随风飘荡，仿佛人间仙境。

读着这些生动形象、颇具文采的文字，仿佛回到了七八十年前，跟随着秦仁昌的足迹，在祖国西北的险峻山岭中行走攀爬。唐代文学家韩愈的一首诗中有"采蕨于山，缗鱼于渊"这样的句子，秦仁昌是蕨类权威，这里的群山中，也会有它的科或属的植物吧？北国的春天来得迟缓，已经5月份了，眼前仍然随处可以看到残雪，但风中吹来的树木的气味，原野中怒放的花朵，却又让人鲜明地感觉到了大地回春的气息。

那时，正是他最好的生命年华。他已经立下志向，要将毕生献给他钟爱的植物学研究事业。

俞德浚：把姹紫嫣红赏遍

每个人都会喜欢和欣赏鲜花。这些大自然的神奇造物，千姿百态，争奇斗艳，给生活点缀了无限的美。但终生都与花卉深度接触的，除了那些以园丁为职业的人，恐怕不会很多。

俞德浚，《中国植物志》的第三任主编，就是这些人中的一位。

如果要给俞德浚拍一张工作照片，最好的构图，应该是以鲜花为映衬，不是单独的一株、一簇或一盆，而应该是一个巨大的花坛。这还嫌不够，花坛的后面，应该有一座植物园的辽阔背景。

中国科学院植物所的对面，隔着一条不算很宽的马路，就是北京植物园，一个集科普、科研、游览于一体的综合性的植物园，一个北京人踏青和秋游的好去处。

俞德浚是造园的功臣。

俞德浚，1908年出生于北京。1928年考入北京师范大学生物系，因学习成绩优异，受到胡先骕的器重。1931年大学毕业后，担任胡先骕的助教，负责北京大学和北京师范大学植物分类的实验教学工作，并在胡先骕任所长的静生生物研究所植物部从事植物分类学研究。

1931年至1933年，在任职中国西部科学院主任期间，俞德浚首次考察了四川西部凉山彝族自治州西昌、峨边、雷波、马边等山区。当时交通不便、军阀混战、匪徒滋扰，再加上民族隔阂，要进入这些地区的深山大川，需要很大的决心和勇气。这次考察的成果《四川省雷马峨屏调查记》一文，发表在1935年《中国西部科学院特刊》创刊号上，详细介绍了当地的自然环境、土壤、气候、植物等。

继川西考察之后，他又到云南西北部的德钦、丽江、怒江、独龙江等地考察。横断山区，山高谷深，气候变化莫测，冰雹暴雨，威胁着考察队员的安全。他们历尽艰险，连续几年工作，采集到植物标本2万余号，为国内外研究该地区植物提供了珍贵的材料。

1939年至1947年，俞德浚先后在云南大学生物系、云南大学农学院和云南农林植物研究所任职。

1947年，俞德浚到英国爱丁堡皇家植物园和英国皇家植物园进修，并担任客籍研究员。这两个植物园中的植物，很多来自中国西南部，像杜鹃、百合、樱草以及众多的花卉、灌木，都在这一片遥远的土地上茁壮生长。他积极吸收两个植物园在植物引种研究工作和栽培管理方面的成功经验，整理编写了《中国西南各省秋海棠属植物名录》和《中国新秋海棠科植物》。这次经历，为他日后从事植物园建设工作打下了基础。

1950年，俞德浚从英国回到北京，到中国科学院植物分类研究所（现植物研究所）从事植物学研究，并开始筹备建造北京植物园。当时，为了开发利用植物资源，北京地区迫切需要建立一处既有美丽景观又有科学内容的现代植物园。1954年，俞德浚等10位研究人员联名上书党中央，建议建立北京植物园，报告很快得到批复，随即由中国科学院、北京市农林局和首都园林界的知名专家学者组成建园规划委员会，俞德浚担任主任委员。

俞德浚率领大家，先后到紫竹院、圆明园、十三陵、小汤山、金山、大觉寺、温泉、香山等地，考察当地的植被、土壤、水文、气象、地形等情况，进行综合比较，并结合首都建设香山风景名胜区的规划，最后将园址选定在香山脚下，使香山这个著名风景区增加了科学内容。建园期间，俞德浚亲自参加规划、打点、挖坑、植树和日常管理工作。他常常住在北京植物园的单身宿舍里，白天工作，晚上和同事共同翻译出版《苏联植物园》等图书资料。其间，他还编著出版了《植物园工作手册》，这是一本我国现代植物园建设的重要参考资料。

北京植物园于1955年开始筹建，分为两个部分，香颐公路以北为1960年以前重点建设的园址，在2000多亩面积内，布置了十多个植物展区，如果树植物展区内就包括葡萄、仁果、核果、野生果树和米丘林植物区等。

在长达十多年的时间里，他坚持每年春秋两次，会同有关专题组的科研人员，带上定植图和植物名录，深入植物园各试验地、温室，对全园3700多种、上万号植物进行全面检查，株株过目，发现问题，及时解决。他要求植物园的引种材料必须做到六有：一有引种年代、来源和编号及产地记录；二有正确的中文名和拉丁文学名；三有种植图和名牌；四有完整的物候记录；五有详细的生物学特性记载和分析资料；六有照片、种子标本、腊叶标本和栽培技术资料。

此后，一直到1986年，三十余年中，俞德浚作为北京植物园园长和中国园艺学会的负责人，跑遍祖国各地，多次到庐山植物园、南京中山植物园、华南植物园、武汉植物园、杭州植物园、桂林植物园、西双版纳热带植物园和海南植物园等处，参加了十多个植物园的建园规划和园址选择等工作，为我国植物园的发展做出了很大贡献。

俞德浚的研究方向，也与造园有着较密切的关系。

俞德浚一生研究蔷薇科植物。蔷薇科是一个包括124属3300余种的大科。中国是蔷薇科植物的分布中心，全国约有51属1000余种，人们喜爱的许多水果如苹果、梨、桃、杏、李、枇杷、木瓜、榅桲、山楂、扁桃，观赏植物如蔷薇、碧桃、樱花、梅、绣线菊、唐棣，芳香植物如玫瑰、珍珠梅，药用植物如郁李、木香、龙芽草、委陵菜等，都属于蔷薇科。俞德浚和他的学生用了20多年时间，对我国蔷薇科植物进行了系统的研究，订正了蔷薇科植物的中文、拉丁文名称，整理和鉴定了全国近30万份植物标本，收集了大量的植物种子、苗木进行栽培，观察记载。从植物形态、演化和分类位置上，对蔷薇属、龙芽草属、地榆属、委陵菜属、苹果属、梨属、枸子属等的分类系统做了详细探讨，先后发表了几十个新种。

在野生花卉资源考察和开发利用方面，俞德浚做了大量工作。早年在云南任教时，他就被滇西高黎贡山区丰富的茶花资源深深吸引，那些红色、白色或粉色的茶花，一树万花，如彩霞、如祥云，令人惊叹。他一边考察记载，一边收集资料，于20世纪50年代初写出《云南茶花及其园艺品种》《云南的茶花》《云南山茶花图志》等著作，受到国际花卉界的高度评价，美国茶花学会和澳大利亚的有关学术刊物先后予以转载。

鲜花和果实总是相连。俞德浚同时还是一位果树专家。

俞德浚十分重视植物种质资源的研究。他在长期野外植物采集、鉴定研究中，发现我国果树种质资源要比已知的丰富得多。早在1954年，他就和果树专家沈隽等分别考察了山西中北部、陕西关中地区、甘肃兰州等地的梨、杏品种资源；在北京郊区各县以及河北定县、昌黎、卢龙和山东胶东地区，分别考察了苹果、海棠、梨、杏等品种资源；还去江南地区考察了柑橘等热带果树。1966年，俞德浚完成了《中国果树分类学》专著，由于"文化大革命"，直到1979年才出版。这是一部研究、开发利用我国果树资源的重要著作，荣获1982年全国优秀科技著作一等奖。

俞德浚负责的那一卷《中国植物志》，编写过程也充满了坎坷。

早在1965年，他和助手们就完成了《中国植物志》蔷薇科第一部分即第36卷的编写工作。1966年5月，书稿即将开印的日子，"文化大革命"开始了，所有出版业务被迫停止，这部书从此也出版无望，让俞德浚备感失落和焦虑。1969年科学出版社被迫撤销，整体下放到"五七"干校，临行之前将稿件和在制品销毁。万幸的是，该书作为内部资料印了100册，虽然印制十分粗糙，但毕竟保留了下来。"文化大革命"后期恢复编纂工作时，俞德浚据此进行了修改和补充，《中国植物志》第36卷得以于1974年12月正式出版。

"文化大革命"结束后，俞德浚出任《中国植物志》第三任主编。

在他的主持下，编委会做了大量工作，20世纪70年代末80年代初，《中国植物志》迎来了第一个出版高峰，1979年出版了10卷册。俞德浚和助手们也着力于蔷薇科后半部分即第37、38卷的编写工作，第37卷于1985年6月如期出版，第38卷于1986年交稿。

交稿后不久，俞德浚不幸罹患癌症。

　　科学出版社负责《中国植物志》编辑的曾建飞，曾经讲到这样一件事情：弥留之际，俞德浚希望能看到凝结他一生心血的最后一卷的出版，经出版社领导批准，将该卷作为急件排印，院印刷厂的师傅们加班加点，在1986年7月上旬，俞德浚去世前的十天，将10册精装的《中国植物志》第38卷样书，送到他病榻前，满足了他的心愿。他终于可以瞑目了。

　　在弥留之际，看着身旁的《中国植物志》蔷薇卷样书，俞德浚眼前，该会幻化出那些千姿百态的花卉，在植物园的蓝天下，绚丽绽放，迎风摇曳。

吴征镒：原本山川　极命草木

2008年1月8日上午，北京人民大会堂。中共中央、国务院在这里隆重举行国家科技奖励大会。荣获2007年度国家最高科学技术奖的石油化工催化剂专家闵恩泽和植物学家吴征镒，从国家主席胡锦涛手中，接过了获奖证书。

如其名称所言，这是国家科学技术奖中最高等级的奖项。这一奖项每年评选一次，每次授予不超过两名。吴征镒以植物学研究方面的突出贡献，获得了这一项殊荣。

在《中国植物志》历任主编中，吴征镒任职时间最长，也是唯一一位看到整部植物志完成的主编。在他任职的17年中，完成了《中国植物志》近三分之二的册数。

对此，他感慨"何其幸也"。

"出生于九江，长大于扬州，成人于北京，立业于云南"，吴征镒这样概括自己的人生历程。

他1916年出生于江西九江，1岁以后，随全家迁往江苏扬州。

在这里，他8岁进家塾，13岁进初中，15岁跳级考入高中，直到17岁考上清华大学生物系，他才离开扬州。

"故人西辞黄鹤楼，烟花三月下扬州""天下三分明月夜，二分无赖是扬州"……古典诗词中，关于扬州的吟咏比比皆是。这座享有盛誉的江淮名城，以其深厚的历史文化底蕴，细雨润物一样滋润着吴征镒的心灵。

吴征镒曾经说过，自己的童年是"灰色"的，但带有"绿色"的底衬。童年的他，就对植物产生了浓厚的兴趣。扬州古城里分布着许多大大小小的园林，他家旁边就有一座名为"芜园"的私家园林，他经常到里面玩耍，为其中豌豆、白茅草、毛竹等众多植物所迷醉。1924年，父亲吴启贤辞去了北洋政府农商部主事的官职，从北京回到了扬州老家，应了个江苏省议员的闲差。他带回了许多藏书，这其中就包括了清代吴其濬的《植物名实图考》和牧野富太郎的《日本植物图鉴》。幼年的吴征镒就是通过这两本书，看图识字般地认识了芜园里各种野生和栽培的花草、树木，进一步激发了他对植物的兴趣。

他的中学时代，有两位姓唐的生物学老师对他产生了非常大的影响。一位是初中时的植物学老师唐寿，他被学生们戏称为"唐大饼"。他带学生们在教室里对植物进行解剖与写生，还经常带他们去野外（如平山堂、禅智寺、西乡等地方）采集标本。高中一年级的时候，吴征镒自采的植物标本已经积累了两百多份。高一生物学老师唐耀知道了这件事情，为了鼓励学生对生物学产生兴趣，就专门安排他举办了植物标本展览会。这次展览使吴征镒心中的绿色涟漪开始了新的激荡。他在《九十自述》中写道："这件事对我幼稚的心灵自然很有影响，使我立志投考清华大学生物系，而不去考交通大学去学当工程师。"

1933年的初秋，年方17岁的吴征镒跨进了清华大学的校门。在清华大学，他幸遇恩师李继侗、吴韫珍。李继侗老师让他接触到当时前沿的植物生理学和植物生态学知识，吴韫珍老师让他学到了植物分类学和植物形态学的研究方法。两位恩师都倡导新学术思想与中国实际相结合的教学理念，让他受益匪浅。

1937年毕业后，吴征镒留校担任生物系助教，决心继承吴韫珍老师的衣钵，从事植物分类学的教学与研究。不久，"七七事变"爆发，华夏大地陷入战火。北大、清华、南开三校迁往昆明，组成西南联大。从1939年起，困守昆明的吴征镒，一个人在标本室的煤油灯下，着手整理吴韫珍从奥地利学者处手抄的中国植物名录，以及秦仁昌从英国皇家植物园等处拍摄的中国植物模式标本照片，结合自己几年来所积攒的昆明、滇西南等处的标本，逐一对这些模式标本的采集人、采集地、地理分布、主要研究文献、生境条件等，做了详细的记录。这一工作进行了长达十年的时间，由他亲手整理制作的卡片有将近3万张。

正是因为有了他整理的这近3万张卡片，才使得1950年以前关于中国植物的文献记载和相关资料不至于缺失。也正因为有了这近3万张卡片，若干年后，我国的植物分类研究及《中国植物志》的编写，才有了最为基础和重要的资料。像王文采自1956年起开始编写《中国主要植物图说》毛茛科，首先就是利用了吴征镒整理的该科卡片，这些材料为他查找文献提供了极大的方便，节省了不少的时间。

还是在清华大学读书时，他就结识了著名文学家、中文系教授朱自清。两人既是扬州同乡，又是扬州中学的前后年级校友。从清华到西南联大再到"复员"北平，他们一起经历了抗日战争的艰辛和"反饥饿、反内战、反迫害"运动的洗礼，师生之情在蹉跎岁月中历练和升华。朱自清"宁可饿死也不领美国救济粮"的铮铮铁骨，深刻地影响了吴征镒的人生历程。

1945年8月，抗战胜利。1946年8月，清华大学从昆明迁回北平。因为从事革命活动身份暴露，组织安排吴征镒转入解放区。北平和平解放后，吴征镒随解放军进城，在军管会高教处任职，后来又转调中国科学院。他见证了接管北平高校和科学院建院初期的历史，成为党在高校科研领域中的领导者，组织贯彻实施了这一领域的许多活动。

静生生物调查所与北平研究院植物学研究所合并组成中国科学院植物分类研究所后，吴征镒被任命为副所长。

吴征镒的学术研究重点是云南的植物。

吴征镒第一次到云南，是1938年随国立长沙临时大学西迁入滇。初到昆明，只是围绕着四郊村镇转了两个月，他就认识到，仅仅昆明一个县，就有比河北省全省还要多的植物区系，初次窥见了云南高原植物区系的繁复多样性。就在那时，22岁的他就萌发了"先弄清云南植物种类进而弄清全国植物种类""立足云南，放眼中国和世界植物"的宏图大愿。那一段时间，在昆明的大普吉，吴征镒开始了植物卡片的原始积累。1946年，他离开昆明，回到北平清华大学担任讲师。但这一想法他却始终念念不忘，也是他后来做出人生重大抉择的最主要的原因。

1958年，吴征镒已年逾不惑，内心深处一个想法越来越强烈。

这时候，中国科学院各研究所的组建已经完成，植物研究所由钱崇澍主持，林镕、张肇骞等辅佐，另有胡先骕、秦仁昌等著名前辈学者，可谓济济一堂，兵强马壮。他感觉自己承担的落实党对科学工作指导的职责已经完成，此后应该在专业领域大干一番、实现夙愿了。就在1955年，公布了中国科学院学部委员名单。在植物学领域的委员名单中，就有当时年仅39岁的吴征镒。和钱崇澍、陈焕镛、林镕、秦仁昌等老师辈甚至太老师辈的长者并列，他既感到荣幸，更有不小的压力，很想为自己找寻一个能够安身立命的领域，努力做出成就，对得起"学部委员"的荣誉。

这时，中国科学院新建昆明植物研究所，吴征镒内心深处的梦想重新浮现。于是，他做出了人生中的一个重大决定，举家迁往昆明，担任所长。从那时一直到去世，他的绝大部分岁月是在云南度过的。

回到云南的吴征镒，自此纵情于这片"植物王国"。从干燥炎热的河谷到潮湿寒冷的高山，哪里有植物，哪里就出现过吴征镒的身影。他随身携带着一部照相机，走到哪里拍到哪里。野外考察时，吴征镒不看天、不看山、不看景，一路只管低着头看植物，也不知因此摔了多少跤，被同事们笑称为"摔跤冠军"。又因为他多次参加并领导植物资源重大考察，足迹遍及大江南北和四大洲，对难以计数的众多植物都了如指掌，博闻强记，谈起来如数家珍，他被誉为"植物电脑"。别人称赞他智商高，记忆力超常，他却说自己无特别之处，如常人一般，不过是习惯于坐"冷板凳"，锻炼了耐心和毅力，还喜欢思考和琢磨，才有了这样的成绩。

在志书编纂方面，他从《云南植物名录》起步，主持编纂《云南植物志》，此书1973年起步，2006年全部出版，历时33年，共21卷，是我国体量最大的地区植物志。

1973年，他担任《中国植物志》副主编。1987年，在主编俞德浚去世之后，他接任主编，前后长达17年之久。在他任职期间，《中国植物志》出齐了全部卷册。

2007年1月，在全部《中国植物志》出版完成两年多后，已经91岁高龄的吴征镒又应邀担任《中华大典·生物学典》的主编，并且兼任《植物学分典》主编。此时，他的眼疾已很严重，家人反对他参与繁重的工作,他回答:"我不做,谁来做?"

虽然已经是耄耋之龄,吴征镒仍然每天上午工作两个小时,下午工作一个小时,而且一周工作六天以上。一旦工作起来,他总忘记了自己是个高龄老人。有时医护人员为了他的健康,在他投入工作时进行劝阻,他装作听不见,逼急了就发一点脾气;可工作一做完,他又笑着和医护人员打招呼,像什么事都没发生。这个"不服老"的老人,让医护人员也没办法。

在其自传《九十自述》中,他是这样总结自己的科学生涯的——

我信奉的人生格言是:博学之,审问之,慎思之,明辨之,笃行之。……我认为做科学研究必须经历三个境界:一是立志立题,确立科研思路;二是殚精竭虑,百折不挠;三是上下求索,终有所得。我就是在个人的志趣和应用相结合中走到了今天。

2013年6月20日,吴征镒在昆明逝世,享年97岁。《人民日报》发了消息,第一句话是:"中国植物的'活辞典'走了。"

和"植物电脑"一样,这个比喻也来自他对植物世界的熟悉。从事植物学研究和教学70余年,吴征镒发表和参与发表植物新分类群1766个,是我国植物学家发现和命名植物最多的一位,以他名字命名的植物就有3种,分别为"征镒冬青""征镒卫矛"和"征镒麻"。学界公认，他对中国植物学界有三大贡献：摸清了中国植物的家底；阐述了中国植物的来龙去脉；回答了中国植物资源有效保护和合理利用的理论问题并用于指导实践。为了表彰和纪念他的卓越成就，2011年12月10日，国际小行星中心将第175718号小行星永久命名为"吴征镒星"。

他的学术造诣，获得了中外同行们的敬重。

美国密苏里植物园主任雷文这样评价："吴征镒先生是世界上最杰出的植物学家之一，他是对中国乃至世界其他地方的植物有着广博知识的真正学者。"

世界植物园保护联盟主席布莱克莫尔说："我看到的是一个倾其毕生，热爱植物热爱自然甚于其他一切事物的人，也是一个伟大的植物学家。"

吴征镒曾经为一本名为《中国木兰》的书写过序言。下面的文字就是援引自这篇文章，读来可以感受到他宽广的视野，广博的学识，出色的审美鉴赏力——

有花植物的花是什么？怎样形成的呢？伟大诗人歌德曾经从木兰科的花中得到启发，认为植物的花是由能生殖的枝叶变化而来。这一理论现在已经为绝大多数的植物系统学家所接受，木兰科植物也几乎被公认为是有花有果植物的先驱和代表，并被归为木兰植物门。木兰科植物是我国植物中的国宝，它是东亚和东南亚地区常绿到落叶森林里的老寿星，繁衍了多样化的后代。它材质优良,久已供建筑造船之用。其花大色丽而且芬芳馥郁,玉兰、木笔(紫玉兰)、夜合(夜香木兰)、含笑、白兰花等久已是名花,辛夷、厚朴也是从汉朝开始有记载的常用药物和香料。木兰科植物作为突出的造园绿化材料,我国先民发现和栽培它们至少有两千五百年的历史,而后才传入日本和欧美。所以它们不但有极宝贵的学术研究意义,也有极其广泛和重要的应用价值。

木兰科植物对环境保护和改造的价值更大,它们和樟、楠、柯、栲、栎、木荷、蕈树所组成的极其多样化的,从东北南部到海南岛、从沿海和东南亚到喜马拉雅山尤其是长江以南的常绿阔叶林,是我国的一大特色,我国的"青山绿水"由此而来。从中生代到现在,常绿阔叶林至少有一亿多年起着稳定气候、涵养水源、培肥土壤的巨大生态作用,使江南、岭南鱼米之乡,富源不断。

但是,由于五千年来气候的变化、水土的流失和持续的人为破坏,虽然"继周八代争战罢",到晚唐诗人看到的自然景观中,江南仍然有现在已不能体会的"猿(长臂猿)啼洞庭树,人在木兰舟"的感受,即使再经过若干朝代,明代徐文长还见到猿,并画出它的形象,但是毕竟常绿阔叶的木兰已从黄河南岸退向南方的长江南岸。明朝用尽了江西、福建的楠木之类的材料后,改用松杉,到现在长臂猿也就只有海南和云南的深山才可见了,不合理的开发利用,又缺乏有效保护,使国宝资源越来越少，木兰科植物某些属种的分布幅度越来越窄，繁殖能力越来越低，趋于珍稀濒危的境地，不绝如缕了。

读者如能掌握像木兰一样的国宝资源，村村寨寨一个小山头、一道沟地就地保护这些国宝级的乡土树种，在松杉遍野的华南广为种植，化一园为多园，那么珠江流域，在全国就能率先"有山皆绿，无水不清"，而返回到她的本来美貌。那么长江也会随之"客路青山下，行舟绿水前"。随后北方自也不必等待"黄河清，圣人出"了。

这段文字中，除了介绍木兰科植物的种类、属性、用途等，还涉及与之相关的历史、人文、生态、社会生活等许多方面，可以看到作者在这诸多领域的深厚素养和不凡见识。而文学化的笔触，也赋予了这篇科普性质的文章一种淡雅蕴藉的美感。

中国科学院昆明植物研究所的一块石碑上，刻着八个字："原本山川，极命草木"。它出自西汉著名的辞赋家枚乘的《七发》，意思是考证山川的本源和草木的名称。这是吴征镒亲笔书写的八个字。这八个字，也成为他一生的写照。

吴征镒去世数年了，"吴征镒星"仍然在天上闪耀。

第十一章 佳木

Chapter Eleven

如果说《中国植物志》就像是一棵根深叶茂的巨树，耸立在一座园林的中心，以其繁盛壮观让人仰望和惊叹，那么其他许多植物志书，就仿佛是它旁侧的一株株树木，尽管形貌不同，姿态各异，但都生机勃勃，风神摇曳。它们环绕着这一棵巨树，高低远近，参差错落，共同营造出一道美丽的风景。

仅以中国科学院植物研究所主持的植物志项目为例说明。在倾注力量于《中国植物志》的同时，以及此前和此后，都有其他一些植物分类志书的编纂工作在进行。下面按照时间顺序，简要介绍几种。

《中国主要植物图说》

有必要先介绍一下与此书相关的时代背景。

经过几年的发展，到1953年，植物分类研究所的情况已有了很大不同。首先，在植物分类学之外，研究所的其他学科如植物生态学、植物形态学、植物细胞学等，都已经逐渐发展壮大，研究所已属于植物学综合性研究所，故改名为中国科学院植物研究所，在所内再按学科成立多个研究室，分类学为其中之一，虽然仍然是重点，但已不再是主体。

其次，经过1951年至1952年的思想改造运动，知识分子思想经过一次"洗澡"，已经从所谓"自由散漫、无组织、无纪律"的状况，转移到服从组织制订的工作计划，步入集体研究时期。

在当时的社会氛围中，科研为生产服务是科学工作的总方向。植物所先前制订的编写有关植物志书籍以及筹备编写《中国植物志》的计划，因为与农、林、牧业生产需求有不小的距离，所以都被暂停了。

但是，在生产实践中，又确实非常需要掌握一定的植物学知识。那个时期，为了掌握植物原始材料的分类和辨识知识，每年都有人从全国各地的学校、林场等单位，来植物所短期学习，也有人将植物标本寄到植物所，委托鉴定学名。

凡此种种，都说明当时十分需要一部简易的植物志，一部日常性的工具书，指导人们学习植物分类，鉴别植物种类，了解其习性并判断其经济价值。比较起来，用图籍的形式出版，更能满足这种需要。因此，在完成《中国植物科属检索表》之后，植物所分类室决定编写一部《中国主要植物图说》。

1936年，开明书店曾经出版过一部《中国植物图鉴》，但编著者贾祖璋并不是植物分类学家，而是一位科普作家，他将当时静生生物调查所、北平研究院等机构所出版的著作以及日本出版的植物图鉴等书中的图编在了一起，一些植物并非中国的。该书收录的内容也有问题，不是偏于某一地区的植物，就是仅记载木本植物，而且收罗的种类也有限。体例也不统一，有的植物没有图。但由于当时中国人所著植物学图书不多，因此出版后很受欢迎，先后重印十多次。有鉴于此，植物所分类室也想通过编纂《中国主要植物图说》，起到某种正本清源的作用。

这项工作由时任分类室主任汪发缵主持，组织编纂方式仍然是集体进行，以植物所为主，邀请所外专家参加。

这部图说，准备以多卷集方式出版，包括全国各地各科属中主要的、有用的和习见的植物近6000种，约占有记载的种子植物和蕨类植物的五分之一，每种各附一图，有简明扼要的关于特征、分布、生态、功用等方面的记载，附图尽量采用原有的图和照片，此外并有科属检索表。计划在1956年以前分期完成，旨在普及植物分类学的知识，供大中学校教学和农林行业参考。

出于科研为生产服务的考虑，植物所准备先出有经济价值的科。该项目的计划上，次序是这样排列的：一、自裸子植物至柔荑花序类的木本科；二、豆科；三、禾本科。后来，因为当时传记缺乏，人手有限，各科无法同时编写，决定首先选择编写《豆科图说》一卷，因为豆科植物与农、林、牧、园艺等关系最为密切。除了食粮，其他一些食用植物、蜜源植物、除虫植物和工业原料植物等，也都有不少属于豆科植物。该卷于1955年12月出版，很受欢迎。

但由于主持者汪发缵和分类室副主任唐进并非豆科专家，书中发现了一些问题，他们事先未能挡住，引起了一些专家的议论。陈焕镛在华南植物所对《豆科图说》提出批评，也有人在《植物分类学报》上发表文章呼应，影响到了整部书的出版，仅出版了豆科、禾本科、蕨类植物三卷，即告中断。看上去，与此前流产的《河北植物志》有些类似，不过并不完全一样。参加这项工作的多位专家，写出了不少科的稿子，虽然没有出版，但后来都被用到了《中国高等植物图鉴》一书中。

同一时期，在全国各地的植物研究机构，分别编写出版了《东北木本植物志》、《东北草本植物志》（第1、2卷）、《广东植物志》、《海南植物志》、《江苏南部种子植物手册》等。这些都为其后的《中国植物志》的编纂打下了基础。

《中国经济植物志》

1958年，在《中国植物志》编纂的同时，由于国民经济建设的需要，特别是"大跃进"运动"大干快上"的要求，对野生植物的利用变得十分迫切。

1958年4月，国务院发布《关于利用和收集我国野生植物原料的指示》，中国科学院和商业部联合组织开展野生经济植物普查，全国各地迅速组织了以各省植物研究单位和商业部门为主、包括有关大专院校和轻工业部门在内的庞大队伍，共3万多人，掀起了一场"入山探宝取宝"的群众运动，进行了大规模的资源普查和成分分析，采集到的标本数量巨大，堪称惊人，约20万份之多。

1958年12月，中国科学院召开各植物研究单位工作会议，决定在这一次调查基础上，再组织一次更加普遍和深入的普查工作。分布于全国不同省区的研究机构，担任所在地区的普查及编写该地的经济植物志的技术指导工作。如云南在普查的基础上，编著了《云南野生食用植物》《橡子》等专著。

其后，中国科学院联合商业部，向国务院呈交了《关于1959年开展野生植物普查利用和编写经济植物志工作的报告》。报告认为，此次植物资源调查工作，给编写全国经济植物志打下了良好基础，所以拟定在各省区普查、汇编的基础上，挑选出分布广泛、经济价值高的2000种植物，编写成《中国经济植物志》。

很快，1959年2月7日，国务院批准了这份报告，并转发各省区和有关单位参照执行。

根据国务院批示，这一年的2月到10月，植物所抽调了100多人，组成了7个普查队，完成了在河南、河北、山西、贵州、云南、甘肃、青海和新疆的重点普查，采集植物标本大约6.8万份。

1960年2月，《中国经济植物志》进入了编写阶段。

这部志书的编写过程，也体现了"大跃进速度"。主持者植物研究所邀请了各省商业厅、科学院直属植物研究所，以及轻工业研究院、纺织研究院、林业科学院、医学科学院等单位，共70余人，在北京甘家口商业部招待所集中编写。从2月13日开始，到4月25日基本完成，73天的连续奋战，不分白天黑夜，没有节假日，完成了这部上下两卷本的《中国经济植物志》。

1961年，科学出版社出版了这部著作。扉页上这样标注着主编单位：中华人民共和国商业部土产废品局、中国科学院植物研究所。

这部志书，选录以野生植物为主、利用价值较大的纤维类、淀粉及糖类、油脂类、鞣料类、芳香油类、树脂及树胶类、橡胶及硬橡胶类、药用类、土农药类与其他类的植物，共2411种。每一类原料都分总论和各论两部分，包括本类原料的经济意义、使用情况，以及植物的正名、土名、原料名、学名、形态特征、生长环境、产地、用途、理化性质、采集处理和加工方法等。大部分植物附有插图，便于辨识。

编写工作完成后，大量的植物标本归中国科学院植物所标本馆收藏，为日后编纂《中国植物志》提供了丰富的材料。

这部书的编写，虽然是在"大跃进"运动中进行的，时间仓促，但由于动员参加的人员众多，调查区域广泛，收集到的材料也很丰富，因此仍然具有较高的参考价值。遗憾的是，当年为了避免"很多种植物的化验数据、使用情况、加工方法等""泄露机密"，这部书定为内部发行，因此，该书的发行量并不大，植物所研究人员写文章也不敢引用，没有发挥出应有的作用，甚为可惜。

曾经参与此书编写工作的王文采，对此一直耿耿于怀，认为它至今仍然有使用价值，曾经多次呼吁公开出版。2012年，《中国经济植物志》在完成多年之后，终于得以由科学出版社正式出版。

《中国高等植物图鉴》

这是又一部大型志书。图鉴，顾名思义，是以图片为主、文字为辅的图书。它的特点是形象直观。

这部书于1965年开始编纂，也带有十分鲜明的普及性色彩。

1965年初，中国科学院党委召开了一次扩大会议，要求各研究所的研究工作应努力配合国家经济建设的需要，尽快出成果。植物所的党委书记姜纪五参加完会议回到所里，传达会议精神，然后各个研究室展开讨论。

分类室讨论中认为，《中国植物志》才出版3卷，各省、区植物志也很少，缺乏鉴定植物的工具书。但这时，在农业、林业等部门，出于生产的需要，急切需要了解相关的知识。因此，编写一部普及性的读物很有必要，可以帮助高中以上文化程度的农、林、牧、副、医等相关行业干部，以及各种学校的植物学教师，推进他们的生产实践和课堂教学工作。这个意见得到植物研究所的同意，决定编写一部《中国高等植物图鉴》。

于是，1965年4月，植物所成立了《中国高等植物图鉴》编写组。当时所领导决定，这项任务主要由年轻人承担。这样做，主要出于两个考虑：一是因为它是一部普及性的读物，研究色彩相对较弱，受过大学植物学教育的青年就能够承担；二是因为要求成书快，年轻人精力旺盛，工作效率高，时间上更有保证。

在确定负责人时，大家一致认为王文采是合适的人选。他是著名专家，能够把好书的质量关；他年龄上有优势，承上启下；他性格温和，人缘好，深得大家信任。这样，他就责无旁贷地承担起这一项工作。

纲举才能目张。工作伊始，王文采就撰写了"编写要求"，拟定了整部书的体例，确定了选择植物种类的原则：一、分布广；二、有经济价值；三、有学术价值。符合这三项主要条件的植物，算起来有5000多种，一个不小的数目。决定分为4册，争取尽快完成。在编辑体例上，王文采想采取此前《中国主要植物图说》的格式，有分种检索表，但另外有几个人主张采取一图一说的格式，看图识字，以便于查找使用。王文采接受了他们的意见。

这部书的编撰，堪称异乎寻常的顺利：1965年4月下旬开始工作，到1966年6月，仅仅一年多的时间，稿子就已经写好了一册半。科学出版社了解到这部书的情况，积极支持，派了得力编辑曾建飞到分类室，着手书稿的编辑工作。

然而，天有不测风云。也就是在这一年的5月份，"文化大革命"开始了。这部书的编写工作，也不得不随之中断。

按说，这部书也可能和《中国植物志》一样，遥遥无期了。然而，历史的发展进程波诡云谲，有时某个偶然性的因素会产生意外的作用。

1969年，中苏两国已经持续多年的紧张关系骤然恶化，举国上下弥漫着一种准备打仗的气氛。有战争就会有伤亡，就要靠药品来治疗。于是，发掘植物的药用价值的任务，就落在了植物分类学家头上。如果不懂得植物分类学的知识，就只能把每一种植物都进行化验分析，耗时费力，效率低下。但如果具有这方面的知识，就能够举一反三，某种植物有药用价值，其相同的类群中也可能有药用价值，这样就会大大提高准确性和效率。

当时有一个响亮的口号，叫"一根针，一把草"，好记好讲。"一根针"指的是传统的针灸，"一把草"则指的是中草药。因此，全国各地都配合进行了中草药的展览，并开始编写中草药手册和读物。因为这样一种时代背景，中草药得到了重视，相关植物的分类学，连同整个植物分类学学科也得到重视。这个领域正是植物所的用武之地，因此，植物所派人参与了一些地方的中草药手册的编写工作。

在这些工作中，大量运用了《中国高等植物图鉴》一书中的资料，它的价值被人们认识到，于是在1970年3月，在中断了三年半之后，《中国高等植物图鉴》开始恢复编写。所以后来有人说，是中草药救了植物分类学。

这次编写分为两个部分：一是对已经完成的内容进行补充和修改，一是编写新内容。在那个政治挂帅的年代，如果一项工作被看作是政治的需要，便无疑是开了绿灯，会一路顺畅。有些内容，其他研究所更具备优势，当时中国科学院的最高权力部门"中国科学院革委会科研生产小组"便给他们下达了任务，联系信函的最后是这样写的："你们要高举毛泽东思想伟大红旗，突出无产阶级政治，抓革命促生产，尽快地完成此项工作。"这些今天读来匪夷所思的语言，当时却是大行其道。然而，这些手段的确起到了作用，编写工作进展顺利，到1971年，第1、第2册完成，1972年出版后大受欢迎。

1974年、1975年、1976年，又分别出版了第3、第4、第5册。在当年，这样的速度可谓是高效率。十年动乱结束后，1982年、1983年，又分别出版了补编第1册、补编第2册。

这是关于《中国高等植物图鉴》的一组数据：130位全国各地的专家参与编写，收录我国高等植物约15000种，其中9082种配有墨线图，可以说是当时世界上最大的图鉴类著作。这项工作的完成，是对我国高等植物资源宝库的一次系统而深入的发掘，解决了农、林、医药等领域的大部分植物鉴定问题，并在开发利用我国野生植物资源方面发挥了重要作用。

在该书的编写过程中，作者们对《中国植物科属检索表》

进行了补充修正，将其中的高等植物分科分属检索表和形态术语解释部分摘出，单独成书，即《中国高等植物科属检索表》，于1979年2月正式出版，成为植物学教学和农、林等领域研究的重要参考书之一。

《中国高等植物图鉴》和《中国高等植物科属检索表》于1987年共同获得国家自然科学奖一等奖。在有效地服务于生产实践活动多年之后，大奖的颁发又一次印证了它们的重要价值。

第十二章　前路

Chapter Twelve

《中国植物志》英文修订版

1988年10月，美国圣路易斯密苏里植物园。

金秋季节，天空蔚蓝澄澈，空气洁净清新。日渐明显的寒意，把一些树木的叶子变成金黄或者火红色，与深浅不一层次丰富的绿色相互映衬，将整个园区渲染得色彩斑斓。

中国科学院院士、中国科学院昆明植物所所长吴征镒和美国科学院院士、密苏里植物园主任雷文，分别代表中美双方，签订了中美合作编纂出版《中国植物志》英文版（*Flora of China*）的协议，并召开了第一次编委会会议。

协议是在一棵水杉树下签订的。

这不是一棵普通的树，它是有着"活化石"之称的树种。水杉曾经广泛分布于北半球的中纬度和高纬度地区。随着第三纪全球气温的逐步下降和第四纪冰期的剧烈影响，水杉分布区的北界逐渐向南推移，分布区也逐渐缩小，最后遗留在我国湖北、重庆和湖南交界处。1943年，国民政府农林部一位名叫王战的技师，在现今湖北利川境内的一条溪流旁，采到了它的标本。经过几番辗转，1948年，由胡先骕和郑万钧为其定名为水杉。两人合作撰写了论文《水杉新科及生存之水杉新种》，详细介绍了发现的过程。这一珍奇活化石植物的发现，被认为是中国现代科学的重要成就，对植物形态学、分类学和古生物学都具有重要意义，在国际植物学界引起了轰动。此后，各国出版的高等植物学和古植物学专著，也都相继有了这一记叙。美国一位古生物学家闻讯后专程来华，查看水杉原生地，采得标本及四株幼苗，空运回美国，种植在加州大学的温室中。

这棵水杉树，就是当年的水杉幼苗的后代。在它的下面签订合作协议，无疑具有特殊的意义。当年，它是中美两国植物学家科研合作的结果，今天它又见证了新的合作的开展。

1989年，第二次编委会会议在广州召开。

1990年，第三次编委会会议在美国哈佛大学阿诺德树木园召开。

1992年，第四次编委会会议在昆明召开。

1993年，第五次编委会会议在日本日光召开。从此日本学者也开始参加此书的编纂。

1994年，第六次编委会会议在南京召开。

1995年，第七次编委会会议在英国爱丁堡皇家植物园召开。

2010年，最后一次编委会会议在英国爱丁堡皇家植物园召开。

通过这次国际合作，中国植物分类学家得以更广泛地走向世界。

18、19世纪以及20世纪前半叶，大量欧美日植物学家和探险者在中国采集了数十万份标本，几乎全都存于国外，其中许多后来成为模式标本。通过《中国植物志》英文修订版开展的国际合作，我国学者有机会赴欧美一些大标本馆查阅大量标本，特别是模式标本，并鉴定存于国外的大量中国标本；还可以利用国外的大量经典文献，解决《中国植物志》中文版由于历史条件、经费等局限而未能解决的大量名称和鉴定等问题。

此次编撰工作中，还完成了下列工作：鉴定中国新采集的标本；深入野外考察，对疑难类群的形态性状和生物学特性进行观察分析；对类群进行分类修订，着重物种的划分和归并、学名的考订和规范等。

这次合作，中外学者融合了不同的学术观点和思路，相互切磋，彼此启发。由中方作者完成初稿，通过广泛的交流、讨论，共同修改文稿，最终由双方作者协商定稿，通力合作完成了这一巨著。

*Flora of China*的编撰，历时25年，对80卷126册的中文版《中国植物志》进行了较为全面的修订，并用英文成稿。吴征镒担任中方主编，雷文任美方主编。2001年编委会调整，增补中国科学院植物研究所洪德元院士为副主编。

2013年9月，编纂工作全部完成。非常遗憾的是，吴征镒未能看到巨著的完成。

该书包括文字25卷、图版24卷，记录了我国维管植物312科3328属31362种，是世界上最大的高水平英文版植物志。这也是自2004年《中国植物志》完成出版并于2009年获国家自然科学奖一等奖之后，中国植物学界的又一里程碑式的成果。

尽管《中国植物志》的英文版是在中文版的基础上进行翻译、修订，然而其意义远远不止于将中文翻译成英文。《中国植物志》的大部分工作在20世纪80年代就已经基本完成，由于当时客观条件的限制，留下了许多遗憾和不足。而*Flora of China*是一次很好的修订。

根据中方主编吴征镒的简要概括，*Flora of China*有三个突出特点：

一、作为《中国植物志》的英文修订版，*Flora of China*对原《中国植物志》中的属种，依据最新研究成果进行了增改修订，大大提高了《中国植物志》的科学性和可靠性。

二、*Flora of China*采用文图分册方式出版，即科属种正文和对应的植物图同卷不同册，形式新颖。

三、*Flora of China*由中外植物学家共同编纂，是中外植物学家合作的新成果，产生了世界性声誉，是中国植物学走向世界的见证。

该项目的国内参加者有150余人、外方合作者有140人；大部分国内参加人员，都有去国外短期工作的机会，因此这一项目的实施，有助于提高我国植物分类学家尤其是青年分类学家的学术水平，使他们与国外同行建立学术联系，对稳定和培养我国当时日渐萎缩的植物分类学家队伍有重要意义。

作为植物学研究的一项世界性成果，这部巨著的价值毋庸置疑。每一位参加者的收获感也是明确而强烈的。

在漫长的编纂过程中，许多参与者彼此之间也结下了深厚的友谊。吴征镒在回忆录中就写道，他与美方主编雷文，经过了一个"相识到相知再到相诚"的过程——

雷文的生日与我同月同日（但有阴、阳历之别），他小我二十岁，他如中国人一般称我"吴老"，八十岁、九十岁生日他都不远千里来昆明贺寿。今年我九十五岁生日，他特来一封热情洋溢、情谊至深的贺信，开头还称"Dear Wu Lao"。他说："提笔之际，不禁想起自1980年第一次访问昆明并同攀峨眉山以来，我们相识相知已有三十年。有缘与您结识真乃幸事。"

他还说道：2010年，偕夫人有幸造访扬州，参观"吴道台宅第"，联想起我幼年在此勤习读书和看图认植物的故事，感受我孩提时的志向和我旧居的园林秀丽。让我大有"知音"之感。

我和雷文的忘年之交，志向同道，友谊长青，情感深厚。

"花伴侣"的故事

人们每次到公园及郊外踏青或秋游，或者去外地旅行时，看到大自然中千姿百态的树木花草，总会感到喜悦欢欣，但同时也有一个苦恼，那就是不知如何称呼它们。能够叫出名字的，加起来也不过几十种。我也曾经动过念头，要认识几种花卉，甚至还专门买了相关的书，但因为无从着手，也缺乏耐心，不久就束之高阁了，其后再看到它们，依旧是茫然如故。写文章时，有时需要提到它们，只能以"那些不知名的花草"一笔带过。

几年前，这一情况有了改变。

记得在一次到浙江西南大山里的采风活动中，看到一位同行者用手机对着眼前的一种花拍照，并很快读出花名。很好奇，一打听，原来他的手机上安装了一款专门辨识花卉的软件。遇到叫不出名字的植物，只要对着它的特征部位扫一扫，软件很快就会自动识别，并报出植物名称，以及其分布及生长习性在内的详细信息。我当即下载安装了这款软件，先用周围几种认识的花卉测试一番，果然如此。

从那以后，好几年了，我一直使用这款软件，无论是在海南五指山中，还是在东北长白山里，看到不认识又想了解的植物花卉，只要用手机对着它，点击照相按钮，立马就能够解决，准确率很高。

这一款软件的名字叫"花伴侣"。

当时我自然不会想到，有一天我会认识它的发明者，并进而了解到《中国植物志》的数字化情况。

这实际上是我的一个意外收获。我第二次进入中国科学院植物所标本馆，是为了了解秦仁昌当年在海外拍摄的大量中国植物模式标本照片的情况。我不但看到了当年的照片胶片，被妥善地保存在4℃的恒温胶片保藏库中，还看到给它们建立了数据库，供各个研究机构共享。

这项工作十多年前就完成了。2007年，在科技部"国家科技基础条件平台——植物标本标准化整理、整合及共享平台建设"项目支持下，中国科学院植物所标本馆对秦仁昌拍摄的全部1.8万余张照片，进行了扫描和数字化处理。

不仅如此，第二年，也是在这一平台支持下，一个更大规模的工程开启。2008年3月，植物所在标本馆中设立了专门的植物图片管理机构"中国植物图像库"，目的是系统收集、整理并长效保存植物照片、数码图片源文件、植物图版，以及其他植物学科相关影像的原始文件及拷贝，为科研、科普及图书出版提供影像支持。

当今网络时代，很多传统的纸质出版物都为了适应新时代的需要，转为数字化形式，获得了新的存在和传播的方式。只要打开电脑，轻点鼠标，就能够从网上读到书中的内容。而且，数字化形式更便于图片的大量加入，使内容变得更加直观、形象和生动，接受效果更好，所以从阅读的角度，今天又经常被称作"读图时代"。

植物学内容本身就十分生动形象，富于观赏性和趣味性，植物影像无疑也是人们观察、认识植物的有效方式。那么，植物学研究成果的影像化呈现情况又是怎样的？

在保存秦仁昌照片的房间隔壁，是一间办公室。门旁墙壁上的标牌，写着"植物图库与智能识别平台"几个字。占据标牌大半位置的是三片不同颜色的椭圆形花瓣组成的图标。图标包含了树叶、花冠和光圈三层，寓意中国植物图像库将为植物图片开拓更大的使用空间。

给我介绍情况的是李敏，一位"70后"年轻人，脖子上围着一条鲜艳的丝巾，既精干又时尚。他是植物所系统与进化植物学国家重点实验室工程师，植物图库与智能识别平台主管，致力于植物分类学成果的应用开发。他先后主持建设了中国植物图像库、中国在线植物志、中国植物物种信息系统、中国数字植物园等系列网站和信息系统，开发了《中国植物志》手机版、"花伴侣"植物识别App等应用产品。

此前，我已经从网上看到《中国植物志》的网络版，是由植物所数字植物项目组开发的，并将它放进了电脑的收藏夹中，随时点开浏览，十分方便。没想到它也有了手机版。李敏介绍说，《中国植物志》手机版，别名为"志在掌握"，意思就是可以放在手掌里看。它也是由数字植物项目组开发的，实现了数据与纸本图书内容完全一致并经过精细校对，在保持原书全貌的基础上，修正了部分错误内容。可以通过输入想要了解的植物的科、属、种的中文或拉丁文名称，实现快速检索，使用起来十分方便。

他特别介绍了"花伴侣"，看得出他对这项开发颇为自豪。"花伴侣"目前可以识别3000属、5000种左右野生的和栽培的植物，影响广泛，成为公众获取植物物种识别信息的"利器"。

识花App是如何做到拍照即可识花的？李敏介绍说，识花App主要应用了深度学习技术，这也得益于近两年人工智能技术的进步，就像谷歌围棋人工智能AlphaGo的出现一样，深度学习的精度和效率已大大提升，这给识花App提供了技术保障。而在技术先进的背后，更离不开"中国植物图像库"的数据支撑。

他介绍了这个图像库的数据情况：有350万张图片可供共享，收录各类植物2.6万种。除了"花伴侣"，还有多种可以被安装在客户端上的植物识别软件，它们的数据，其实也大多来自

"中国植物图像库"这个庞大的资料库。

对于李敏和他的团队，一项重要的工作便是将植物分类学研究的成果，向大众进行推广，促进科学知识的普及化和应用化。他们将资料进一步细化，对图片分门别类，开展草地植物、树木、种子、花粉、腊叶标本等专题图库建设与智能识别工作。迄今为止，图像库已经为100余部与植物有关的图书提供了图片。他们自己也策划编撰了多部图书，如《中国植物图典》，分65册，收录我国高等植物所有科属约2万种植物，2019年出版其中10册；《中国名山观花手册》，每省选取一个生物多样性高的山峰，介绍250种最具观赏价值的野生花卉，一共8册，2019年全部出齐。

我还了解到，这个图像库，又是一个更大的数据库——"中国国家标本资源共享平台"植物标本子平台的一个组成部分。它是由中国科学院植物所牵头、科技部支持的基础平台，2003年创建，目前数字化标本总馆藏量1440万份，模式标本5.8万份，分别占全国总量的67%和80%。截至2016年底，平台共完成680万份植物标本标准化整理与数字化表达，创制或数字化植物志书、野外生境照片、植物名词术语、电子检索表、专家人名录以及各类植物名录等30余个专题数据库，可以说集中了我国最优质的标本资源和分类学人力资源，是国内资源量最大的植物标本信息共享平台，就总规模而言位居全球第二。这些信息都通过"中国数字植物标本馆"网站提供在线查询和线下服务，实现了信息共享。

这些，都是植物学领域大数据研究成果的充分体现。

植物标本的数字化，是随着计算机技术和网络技术的迅猛发展而出现的。自20世纪七八十年代起，欧美发达国家就开始从覆盖国家和地区甚至全球性的生物标本基础数据库中，获得可信、新颖、有效的信息，以能被人们理解和感受的模式表现出来，实现标本图像及资料的存储、传输和共享的电子化及网络化。目前，数字植物标本馆建设已经成为大多数标本馆日常工作不可或缺的部分。

但千万不要以为，数字植物标本馆只有"认识植物"这一种功能，它还可以应用于十分广阔的领域，服务于国家自然科学基金、国家科技基础条件平台建设项目、国家环境保护公益性行业科研专项等多个项目，如三峡库区植物多样性调查、濒危物种评估、生态保护区的有效性评估、入侵植物物种预测、国家重点野生植物分布、中医药植物分析等。

古老悠久的传统学科，借助于日新月异的高科技手段，正在获得新的生命，令人想到千年老树吐露新芽，绽放新枝。

新征程：《泛喜马拉雅植物志》

我的目光被电脑屏幕上的一组图片吸引住了。

一共有8幅图片。上面的6幅是风景照。其中有两张摄于青海，图片下的文字标注了拍摄地点，分别是昂赛和可可西里；另外四张摄于西藏，分别为日土县、德姆拉山流石滩、察隅县、米林县南伊沟。画面上有河流，有滩涂，有光秃赤裸的山丘，有荒凉单调的戈壁，也有鲜花盛开的草原，树木茂盛的林地。下面的两幅是人物照。一幅是数十人站成两排合影，面向镜头；一幅是七八个人坐在帐篷中野炊，姿态各异。照片说明是：缅甸考察。

鼠标点击到下面一页，是一组六种花卉的近照，几乎占满了整个画面，下面标注的都是外文。

这是一个名为"FLPH 泛喜马拉雅植物志"的网站，页面上的英文是：Flora of Pan-Himalaya。在其中一个名为"'Flora of Pan-Himalaya'编研项目2016年度进展通报"的网页上，我看到了上述的内容。

进入新时期以来，中国植物志书的编纂工作也踏上了新的征程。

令国际植物学界瞩目的《泛喜马拉雅植物志》项目，2010年正式启动。这是继《中国植物志》之后又一个经典植物学大项目。《泛喜马拉雅植物志》编研项目组由中国科学院植物所洪德元院士牵头成立，中国、英国、美国、日本、印度、尼泊尔、巴基斯坦、阿富汗等国代表共同签署了备忘录。

泛喜马拉雅地区是地球的最高点，其范围包括喜马拉雅山、横断山、喀喇昆仑山和兴都—库什山一部分，东起中国，经缅甸、印度、不丹、尼泊尔、巴基斯坦一直到阿富汗，总面积为156.6万平方千米，其中95万平方千米位于我国境内。

作为地球的第三极，这里山高谷深，气候多变，环境复杂，植物多样性分化极为强烈，如杜鹃花属和马先蒿属等大属的大部分种类，就有几百种集中在此区域内。据目前的记录估计，该地区植物种总数约2万种，其中中国境内约有1.3万种，约占中国植物种数的43%。

目前，泛喜马拉雅地区有一些零散的区域性植物志书流传于世。其中包括19世纪80年代的《英属印度植物志》、20世纪80年代的《不丹植物志》和《巴基斯坦植物志》。国内出版的，则有1983—1987年的《西藏植物志》和1993—1994年的《横断山区维管植物》。然而，这些志书不仅零散，且年代久远，水平高低不一，远远不能完整地反映这一地区植物物种的情况。尽管在《英属印度植物志》之后，英国曾计划在印度、尼泊尔修订新的植物志，但时隔多年，目前工作尚未过半。此外像缅甸植物志，则完全是空白。

该地区高山植物丰富，维管植物约2万种，是欧洲植物种数的两倍，比整个北美洲还多，而且植物新属、新种还在不断被发现。仅仅在近10年内，在东喜马拉雅山（不包括横断山区）就发现200多个新物种。再加上泛喜马拉雅地区的植物大多属于高山植物，对气候变化极为敏感，因此一些专家估计，在气候变化的背景下，现有的历史资料已不能科学地反映这里的物种变化和现状。

在这样的背景下启动《泛喜马拉雅植物志》，旨在充分利用现有标本和文献，积极开展重点地区和空白地区的补充考察和采集，进行总结、集成和提高，编纂一部世界上最大、最有特色的自然地理区的植物志。

"这一项目的开展，将会使泛喜马拉雅地区植物的整体现状、格局，以及这一区域的植物多样性清晰地呈现出来，对其他相关学科，例如生物学、药物学以及气候变化等领域的发展也将起到很大的帮助作用。"项目负责人、中国科学院院士、中国科学院植物所研究员洪德元说。

与《中国植物志》不同的是，由于泛喜马拉雅地区，特别是喜马拉雅山的南坡主要位于中国境外，因此，该项目是我国经典植物学上的第一个原创性国际项目，该项目向国内外开放，但我国占据主导地位。

像这样开展以我国为主导的多边合作，在生物学领域还少有先例，同时，组织如此多国家和地区的植物学家，完成如此宏大的自然地理区的植物志，在国际上也还是第一次。经历了《中国植物志》和其英文版*Flora of China*两个大项目后，国内已经培养和锻炼了一支40人的年轻队伍。这支队伍有能力成为该项目的骨干。

在国际范围内，英国、日本、美国等表示将积极支持和参与。前面介绍过的美国科学院院士、*Flora of China*美方主编雷文，更是积极为此项目出谋划策。在泛喜马拉雅地区，也得到了尼泊尔、印度、缅甸等国一些教授和专家的积极响应和支持。

此外，《泛喜马拉雅植物志》有着与其他植物志不同的三大特点。

第一，它是一部真正的百科全书式的植物志，网络版和印刷版并存，前者先于后者问世，并且网络版将包含和链接一切相关信息，并不断补充、更新和修正。

第二，它将是世界最高水平的植物志，它强调居群概念、野外考察，并引入统计学方法，开展分子系统学研究，或吸收这一领域的成果；而且与国家资源的战略需求相结合，在野外考察中除了收集植物标本，还收集种子和DNA材料。

第三，它将促进对喜马拉雅山的隆升、环境变迁及其与生物多样性形成的关系、高寒地区植物的适应和进化等学术命题的研究，对于这一特殊地区环境和生物多样性的保护和持续利用，有着不可估量的价值。

这无疑是又一项极为巨大的工程。根据整体的计划，拟出版50卷，80册，由剑桥大学出版社和科学出版社联合出版。

自从2010年启动该项目以来，这一工程在有条不紊、扎实地进行着，不断有新成果推出。2015年12月18日，新华社记者根据当天举行的《泛喜马拉雅植物志》编研项目阶段性成果新闻发布会，发表了一条电讯《多国科学家编著〈泛喜马拉雅植物志〉3卷册正式出版》，介绍了项目开展5年来所取得的成果：

5年来，项目组组织了12次大型国内外综合考察，上百次小规模专业考察。

目前，该项目取得了阶段性成果，共采集植物标本6万份，获得DNA材料2万余份、野外植物照片2万余张，发现了6个植物新属和100余个植物新种，发表论文60篇。

洪德元院士表示，《泛喜马拉雅植物志》的编著，可以为保护当地脆弱的生态环境、制定科学合理的生物多样性保护和植物资源开发政策以及区域发展战略提供科学数据，也为研究这一特殊地理环境中的物种适应性辐射分化、生物多样性分布格局及其形成机制等提供丰富的材料和证据。

在此基础上，2015年出版了《泛喜马拉雅植物志》（*Flora of Pan-Himalaya*）第30卷（十字花科）、第47卷（冬青科、桔梗科等）和第48（2）卷（菊科风毛菊属）；2017年出版了第48（3）卷（菊科帚菊木族）。

也是在这次新闻发布会上，中国科学院副院长张亚平指出，《泛喜马拉雅植物志》的一大亮点，是把植物志的传统内容与生物学的最新发展和手段紧密结合，如每个物种有分布地图、利用分子或基因组分析手段进行系统发育分析等，代表了当今植物志的国际最高水准。

来自域外作者的评价也许更具有说服力。第30卷（十字花科）的作者、美国密苏里植物园的阿尔希巴（Al-Shehbaz）博士表示，他曾主持《北美植物志》《中美洲植物志》《南美洲植物志》等十多部植物志中十字花科的编研，但是他完成的《泛喜马拉雅植物志》中的十字花科，是学术水平最高、他最满意的著作。

打开这一项目的官方网站，再点击开"'Flora of Pan-Himalaya'编研项目2016年度进展通报"网页，在生动的照片之外，它更提供了十分详细的信息。

下面是国内外专项野外考察的有关信息节选：

陈世龙：2016年8月5日—9月3日，陈世龙等赴青海玉树—西藏昌都的澜沧江源区（包括青海杂多、囊谦、玉树及西藏类乌齐、昌都等地）野外考察，共采集标本637号，DNA材料

3000余份。

向春雷：2016年度，先后前往云南丽江及西藏、四川等地开展5次野外考察活动与标本采集，共计43天；共采集唇形科植物标本368号1109份，获得植物DNA分子材料472份、种子37份，发现香茶菜属新种3个。

刘全儒：2016年7月4日—9月16日赴巴基斯坦克什米尔地区野外考察，共采集紫草科植物100余号，300余份，共计25种。

…………

下面则是赴缅甸进行野外考察和采集的情况摘要：

2016年6月5—30日，中国科学院植物研究所金效华博士、陈又生博士赴缅甸北部葡萄地区进行野外考察、采集。

2016年11月26日—12月14日，中国科学院植物研究所金效华博士、张树仁博士赴缅甸葡萄地区进行野外考察、采集。

缅甸是亚洲大陆生物多样性最丰富和最复杂的国家之一，目前的资料表明，该国的维管植物数量约为20000种，但缅甸的生物多样性基础研究近乎空白。两次野外考察共采集植物标本1000号，约2000份。通过这两次野外考察，考察队员了解了缅甸丰富的生物多样性资源，为《泛喜马拉雅植物志》的编研积累了丰富的材料，并且为研究东喜马拉雅地区生物多样性奠定了良好的基础。此次考察也促进了植物所与缅甸林业部的深入合作。

除此之外，还有研究人员去国外标本馆查阅标本的详细记录，包括人员、时间、所去标本馆名称等等。

上述这些记载详细而精确。单调的可以统计出来的数字后，是难以量化的心血和汗水。这些年轻一代的植物学研究者，正如他们的前辈所做过的那样，将生命奉献给科学事业，在这种付出中，让生命的价值和意义得到彰显。

与筚路蓝缕的前辈相比，他们无疑更为幸运。国家实力的增强，交通通信手段的便利，信息资料的丰富完备，为今天的科学考察和研究提供了优越的条件。相信这一令世人瞩目的工程，一定会有圆满的收获。

第十三章　栋梁（四）

Chapter Thirteen

王文采：笺草释木六十年

在这本书所写到的多位人物中，中国科学院院士、著名植物分类学家王文采先生有着特殊的意义。

首先，王文采是一个有心人，注意记录和回顾自己的学术生涯，其中不少内容，涉及植物分类学研究和包括《中国植物志》在内的植物志书编纂情况。我购买到的他的传记和口述自传两本书，成为这本小书的重要资料来源之一，在不同的章节中多次援引过。在翻阅他的这些记载的同时，我不止一次地想到，倘若别的老先生也都能够留下自己的回忆该有多好，那样就会极大地丰富充实相关的资料。

第二，我得以面对面地采访王先生。我感到遗憾的是无法采访到更多的人，尤其是老一辈的植物分类学家。因为《中国植物志》编纂的过程十分漫长，大多数曾经参与这项工作的人已经过世。少数在世的，也多是年老体衰，记忆力衰退，不适合接受采访。所以，听说王先生可以接受采访，我备感惊喜。

我在香山脚下中国科学院植物所的标本馆里，见到了王先生。

标本馆的二层，就是收藏标本的库房。走进一间办公室，里面又有一道门，从门口向里面望去，是一条狭长的走廊，有数十米长。走廊左边是顶天立地的一道隔断，将一排排的标本柜围在里面；右边则是一排落地的玻璃长窗，因为阳光强烈，白色的窗帘被合拢上了。差不多在走廊的中间处，一位老者坐在临窗的长长的案几前，正在埋头用放大镜观察桌上的标本。阳光从窗帘的缝隙间洒下来，投在他斑白的头发上。他就是王文采。

在这里采访王先生，可以说是再合适不过的。迄今为止，他六十多年的学术生涯中，不曾离开过植物标本——采集标本、鉴定标本，另外还长期担任标本馆的馆长。可以说，除了野外考察，他生命中的大多数日子，是在标本馆中度过的，既在眼前的这座标本馆中，也在搬迁来之前的老标本馆中。

1945年夏天，王文采从北京四中毕业后，考取北京师范大学生物系。大学三年级时，北师大邀请林镕为该年级学生开设植物分类学课程，并带领他们去郊区采集植物标本。王文采对此产生了兴趣，决定将植物分类学作为自己的研究方向。1949年6月毕业后，他留校担任生物系助教。一个偶然的机会，被胡先骕推荐到刚刚组建的中国科学院植物分类研究所工作。

从此，王文采的一生与这项事业紧紧相连。

数十年间，他致力于野外考察工作，多次参加全国大规模的考察和采集工作，足迹遍及广西、江西、云南、四川、湖南等二十余个省份，不畏艰险，深入到许多人迹罕至的地方，获得大量第一手研究资料，采集到9000多种标本，并先后发现20个新属，600多个新种。

他对我讲了一次至今难忘的采集经历。"大跃进"期间，植物所进行全国范围的野生植物普查，寻找对生产有用的植物。他被分派到云南西双版纳采集，不幸患上了恶性疟疾，昏迷不醒，面无血色，被紧急送到昆明的医院。但经过多次治疗仍然不见起色，打针吃药都无效果。当时的中国科学院昆明植物研究所所长吴征镒召集所里的年轻人为他献血，最后选中四人，每人400毫升，挽救了他的生命。直到第二年1月份，他才能重新下地慢慢行走，到3月份回到北京时，仍然很虚弱。野外采集的辛苦和危险，由此可证。没有热爱自然、献身科学的精神，是难以长久忍受的。

作为一名在学术上承前启后的人物，王文采在前辈的研究基础上，为标本馆的标本整理和鉴定做出了卓越贡献。在一篇发表于2014年某杂志的文章中，提到过他在这方面的突出的成绩：迄今，他在标本馆鉴定标本超过3.5万份，涉及114个科、566个属和2100多个种。

1959年后，他几乎将全部精力都投入到《中国植物志》毛苋科、紫草科、苦苣苔科等6个科的编写工作中，直到2004年这一巨著出齐。其间，60年代、70年代，他组织并主持《中国高等植物图鉴》及《中国高等植物科属检索表》的编著，1987年获国家自然科学奖一等奖。他还长期担任《植物分类学报》主编。

1986年底，王文采办了离休手续，有一种周身轻松之感。他真正醉心的是学术研究，但在职时行政事务占据了大量的时间、精力，如今终于可以心无旁骛地投入自己的爱好了。工作已经成为第二天性的他，没有在家闲居，而是仍然马不停蹄地到安徽、内蒙古、广西等多地参加考察。特别值得一提的一件事，是他应瑞典乌普萨拉大学植物博物馆馆长之约，赴该馆进行短期的标本研究工作。虽然时间不长，但收获丰富，还为馆里带回了瑞典植物学家史密斯（K. A. H. Smith）博士于20世纪二三十年代在中国四川、云南、山西等地采集的副份标本约3400份。不少欧洲植物分类学家曾经研究过这些标本，并根据它们描述了大量新种、新属和新科。而这些新类群的模式标本，存放在外国的标本馆，给中国植物学家的研究带来了困难。王文采带回的标本中包括不少模式标本，为开展研究提供了便利。

1993年，王文采当选为中国科学院院士，对一向淡泊名利的他来说，这样巨大的荣誉，其实是"无心插柳柳成荫"，是研究所同事们一致推举的结果。从此，他成为不用退休的"在职人员"。植物所人事处负责退休人员管理的人开玩笑地对他说：

"以后我们就不管您的事了。"《植物分类学报》的编辑也来找他："您当了院士，不退休了，请再来当编委吧。"他于是又当了几年编委。

从1996年到2001年，他的主要工作，是到欧美多国的十多个标本馆，研究了铁线莲属全部种类的标本，并提出了此属的新分类系统。

他曾经结合自己的经历，强调了多看标本对进行分类学研究的重要性。他在华南植物所看到了粗柄铁线莲的多份模式标本，才意识到他发表的变种是错误的，应该归并。他总结说，要千方百计多看标本，包括各有关拉丁文学名的模式标本，看得不充分或根本没看，那就可能产生错误。他也再三说，秦仁昌之所以能够做出那么大的成就，成为世界蕨类植物系统学三大权威之一，解决了分类学的难题，与他在邱园看了大量标本是分不开的。

王文采的身上，充分体现了一类传统知识分子的特点。他尽力避开政治旋涡、人事纠纷，努力为自己创造一个平静的环境，以便潜心向学。他牢牢记着中学毕业时一位老师在其毕业纪念册上的题词："以媚字奉亲，以苟字省费，以聋字止谤，以吝字防口，以贪字读书，以疑字穷理，以刻字责己，以狠字立场，以悔字改过。"这成为他一生为人处世遵循的原则。他曾经对弟子说过这样的话：

　　贤者有言，一个人到处分心，就一处也得不到美满的结果。这样的人若遇事不顺意，岂足为怪？就好比航海远行的人，必先定个目的地，中途的指针，总是指着这个方向走。当目标越接近，困难也就越增加，要把每一步骤看作目标，使它作为步骤而起作用。但愿每一个人都能从容不断沿着既定的目标走完自己的路程。

　　时光倏忽而逝，面前的王文采先生已经90多岁高龄，满头银发，但面色红润，精神矍铄，思维敏捷，谈吐清晰，一点儿也看不出有这么大岁数。如果没有特殊情况，他每周仍然来所里一次，当晚住在所里，第二天下班时再坐班车回家。这样令人羡慕的健康状况，很大程度上得益于他的宽厚平和、与世无争的性格，孔子就说过"仁者寿"。同时，这也应该与所从事的职业有关，常年在大自然中，呼吸新鲜空气，腿脚因跋涉而强健，自然容易得享天年。很多植物学家都是长寿者。

　　一直到现在，王文采每年仍然都要发表论文。说到这里，他请我稍等，说要拿材料给我看，起身朝外面他的办公室走去。

　　等待的时候，我将目光投向他的办公桌，上面一字排开摆放着许多份腊叶标本，靠窗户处更有厚厚的几摞。每一份标本都被细心地装订在白色的硬纸上，角上用曲别针夹着一张名片大小的纸片，注明其科属和产地。我看到的就有这么多：木果树科，科特迪瓦；龙脑香科，加蓬；藜科，墨西哥；石竹科，波兰；鸡冠刺桐，巴西；喜马拉雅蝇子草，尼泊尔……

这时，王文采拿了一本《广西植物》回来，这是几年前为庆祝他的90华诞，由他的学生发起出版的一本纪念特刊，收录了他的多篇论文。他还给我看了一本新书《中国唐松草属植物》，北京大学出版社2018年9月出版；还有最新发表的一篇论文《重庆楼梯草属一新组和三新种》，刊发于《植物研究》杂志2018年第6期上。

当被问及对植物分类学研究工作的期望时，王文采说到，过去有不少专职的标本采集员，经过一定的培训后，可以到山林原野中独立完成采集标本的工作，如今这种编制没有了，造成很多不便，应该恢复。虽然《中国植物志》已经完成，但不意味着调查采集工作的结束。近年来，《植物分类学报》《云南植物研究》以及华南植物园、武汉植物园和西北植物所的学报等学术期刊，不断有新种发表，这都说明，我们的调查采集工作还没有完成。我国幅员辽阔，未曾采集的空白地区还有不少，所以，这些工作还要认真进行下去。

短暂的采访，给我留下了生动而深刻的印象。一个平静、平和、谦逊、勤勉的老人，将青年时萌生的对科学的热爱，始终如一地保持下去，放大开来，融入了整个生命，在默默的坚守中，做出了杰出的成就，也使自己的人生充实和幸福。

这样一句成语，无疑最能形容眼前的他：老骥伏枥，志在千里。

洪德元：沙漠里的仙人掌

《泛喜马拉雅植物志》项目的负责人，是中国科学院院士、植物所研究员、植物分类学家洪德元。

我最早是从中央电视台《开讲啦》节目中看到洪德元院士的。2018年秋天，中非合作论坛北京峰会召开前夕，中央电视台综合频道《开讲啦》特别策划了"遇见非洲"系列节目，第一天的开讲人就是洪德元。我平时很少看电视，但那天，将近一个小时的节目，却是全神贯注地一口气看完，看得津津有味，节目播完了，仍然感到意犹未尽。

我被开讲人的活力和幽默深深吸引了。

节目一开始，洪德元刚刚登上演播厅的舞台，就引起一片赞叹。从他挺拔的身材、矫健的脚步，无论如何都难以想象这是一位81岁的老人。整个过程中，他精神矍铄，思维敏捷，声音洪亮，谈吐幽默，和嘉宾互动机敏流畅，还经常和主持人撒贝宁抢话，惹得台下的观众席里，不时发出一阵阵笑声。

洪德元出生于1937年，祖籍安徽绩溪。这个农民的儿子，从小在山野间长大，每天和小伙伴们一同行走玩耍于树木花草中，对植物有一种特别的喜爱。1957年报考大学时，看到复旦大学生物学系植物专业在招生，了解到这门学科就是和树木打交道的，就毫不犹豫地报考了。1962年毕业后，他以优异的成绩考取了中国科学院植物所著名植物分类学家钟补求的研究生，学制四年，由于众所周知的时代原因，却推迟到1967年才毕业，原应获得的博士学位也飞到了九霄云外。

洪德元在玄参科、桔梗科和鸭跖草科植物分类和系统学研究中做出了突出贡献，提出了多个属的新系统，发现8个新属、50多个新种；在专著《婆婆纳族的分类和进化》中运用了新方法，提出了起源和进化的新观点，建立了该族的进化系统；对毛茛科、桔梗科和百合科的细胞分类学和物种生物学研究有新发现。1990年出版的《植物细胞分类学》是世界上该领域的第一部专著，为植物细胞分类学的发展做出了贡献。

自20世纪80年代以来，洪德元一直从事芍药科（属）的研究，跑遍了生长牡丹和芍药的几乎所有地区，包括西藏、横断山、天山、阿尔泰山，澄清了中国和亚洲芍药科的分类和生物学特性，推测了牡丹的祖先和起源证据。他在国内外著名刊物上发表芍药科的研究论文近30篇，在英国出版了英文系列专著《世界的牡丹、芍药》。由于对植物分类学的贡献，他于2017年荣获国际植物分类学协会颁发的"恩格勒金奖"，是第一位获此殊荣的亚洲专家。

长期在大自然中工作，栉风沐雨，跋山涉水，洪德元练就了一副好身体。多年来，他一直都是骑自行车上下班，从动物园附近的家到香山脚下的单位，每天往返30多千米。为了寻找牡丹，已经80高龄的他还攀上了喜马拉雅山5200米的高度。"凡是有牡丹、芍药生长的地方，都有我洪德元的足迹！"他口气中充满了自信，更有一份自豪。

1999年、2001年、2002年，他前后三次远赴高加索地区、法国、意大利、瑞士、西班牙、希腊、土耳其及地中海岛屿，专门考察那些地方的芍药科（属）植物，把研究范围扩展到全世界。

面对台下观众的提问，他说到自己一生最快乐的时刻，是在法国科西嘉岛发现芍药的新种之时。那个地方人迹罕至，植物生长得恣肆繁茂，最密集的地方根本就没有路，人只能在植物的缝隙间艰难地穿过，甚至是匍匐着爬行。这些植物长满了刺，他的双腿被刮得鲜血淋漓。他当时已经60多岁了，有时也不禁感叹，为何还要主动找苦头来吃。然而，当发现了目标后，这一切烦恼立刻烟消云散，一种强烈的欢乐充溢了他的整个身心。那一刻他深切地意识到，为了科学探索，经历再多再大的艰苦也是值得的。

现场的观众被他深深地感染了。有人向他提问："你会把自己比作什么植物？"洪德元回答道："我愿意将自己比喻为沙漠里的仙人掌，无论在多恶劣的环境中，都能生存！"

演播厅里响起了一阵热烈的掌声，仿佛疾风吹过树林。

这一期节目，中心话题是非洲的植物。洪德元谈到了非洲植物的丰富性。非洲的植物种类有4万种，比美国和整个欧洲加起来还要多。非洲是多种植物的发源地，在人们今天的日常食品中，秋葵就起源于非洲，西瓜的祖先也是在非洲，咖啡起源于埃塞俄比亚高原和非洲北部一带。他的研究对象牡丹和芍药的老祖宗，很可能也在非洲。

他的讲话，不时会涉及很有趣味、人们关心的内容。非洲人为什么牙齿那么白？这与他们使用一种叫作"捣牙棒"的植物有关，其中的成分能够有效地增白。他知道哪些野生植物有毒，哪些植物蛋白质高可以吃，知道有一种外形看上去很像瓶子的树，树皮中藏有较多水分。这样，万一在野外考察时断粮断水，可以靠食用它们来维持生命，摆脱困境。

伴随着"一带一路"倡议的提出，中国于2013年成立了中国科学院中—非联合研究中心，位于肯尼亚一所大学校园内，洪德元先后担任学术委员会主任和名誉主任。短短四年内，中心的植物园就从一片杂草丛生的荒地，变得井然有序，花木扶疏，生机勃勃。不少中国优质作物品种如玉米、葡萄、水稻等被引入这里，加以培育，它们将为解决非洲的粮食问题做出重要贡献。

洪德元还提到了获得2015年诺贝尔奖的屠呦呦的团队，他们正是从一种很不起眼的蒿属植物中提炼出了青蒿素，而青蒿素提纯后，是治疗非洲疟疾的良药，拯救了无数非洲人的生命。中—非联合研究中心的成立，充分体现了"一带一路"倡议中的协作精神，必将造福于非洲大陆的人民。

在这个节目中，我强烈地感受到了中国当代科学家的责任担当。在专业研究之外，他们对事关人类前途命运的重大命题，同样有着深切的关心。

其实，这也是最早那一代中国植物分类学家从事研究的初衷。当年胡先骕写诗剖白心志，"乞得种树术，将以疗国贫"，正是出于强烈的社会责任感，为了挽救祖国于贫穷危难之中，才立志从事植物学研究。如果说前后几代科学家之间有什么区别，那就是在当今这个全球化的时代，一些原本属于某些国家和地域的问题，越来越为地球上不同国度和民族所共同面对。而随着国家实力以及国际地位的迅速提升，中国对整个世界承担的责任也越来越大。要肩负起和完成好这样的使命，中国的科学家责无旁贷。

从这个意义上，洪德元主持的《泛喜马拉雅植物志》，也是一个具有桥梁和纽带一样功能的、跨地域跨国度的重大科技合作项目。他和他的团队，也一定能够出于对于人类共同福祉的关切，完成好这项巨大的工程，为科学做出重要贡献，造福人民。

曾孝濂：一枝一叶总关情

最早知道曾孝濂的名字，同样也是从电视中。在当今这个视听时代，电视以其无远弗届的覆盖能力，极其丰富的各类信息，影响着人们精神生活的方方面面。

由董卿主持的中央电视台节目《朗读者》，是一档很受欢迎的文化类节目，每期围绕阅读话题，邀请在各个领域具有影响力的人物，分享自己的人生故事，传达相关文章中蕴含的人文情感。其中有一期，出场嘉宾是一位植物志插图画家。

他就是曾孝濂，被称为"中国植物画第一人"。

《中国植物志》以及其他的植物志书中，都有大量的插图，在页码上占到不小的篇幅，笔触细腻、准确、精美。可以说，它是这一类志书的"标配"。

每发表一个植物新种，都需要为它绘制出标准像，也就是植物画。这是植物学界一个历史悠久的传统。植物科学画既要求准确地反映植株和器官的形态特征，同时也要求体现艺术之美。在植物志中，图画的存在，不仅使所收录的每一种植物变得形象直观，也极大地增添了美感。科学与艺术的联姻，在这里体现得颇为充分。

用绘画记录物种，可以溯源到地理大发现的时代。当时欧洲人不断地探索欧洲大陆以外的广阔世界，由贵族、科学家和商人组成的舰队，到世界各地去测量、贸易，同时搜集动植物标本。遗憾的是，失去生命的标本很快会干枯变形，丧失鲜活的状态。在当时，新奇的异国花木鸟兽对于上流社会颇具吸引力，为了能够以更加忠实的方式去描绘这些未知物种的模样，探险队开始聘请专业的画师随行，不仅使得大量动植物新种被欧洲人辨识、记叙和描绘，也留下了大量珍贵的艺术作品。

从20世纪50年代末开始，曾孝濂就参与了为《中国植物志》绘画的工作。在将近40年的时间中，他与160多位插图师一起，见证了这部志书的整个编写和出版过程。

1939年6月，曾孝濂出生于云南威信。他从小就非常喜欢画画，十来岁时就自己临摹名人画像，不过按他自己的说法，那时大多是信手涂鸦，画得并不像。说起来，他能走到今天这一步，也是机缘巧合。高中毕业后，酷爱绘画的他得知中国科学院昆明植物研究所招录见习绘图员，他就毅然放弃了报考大学的机会，来植物所参加工作。工作到第二年，又恰逢《中国植物志》立项，需要大量画师。曾孝濂的绘画才华已经初步显露出来，就被正式招入，当了一名画师，这正是最符合曾孝濂心意的工作。此后，他一画就是将近40年，可谓从一而终。

在节目中，曾孝濂这样说："我从年轻时就下定决心，要用画笔把我所看到的好东西尽可能多地画下来。就这样认准了，一条道走到黑，死不悔改。"语言铿锵有力，极具感染力。

虽然爱好画画，但因为不曾受到过专业的绘画训练，开头的几年，曾孝濂还是感到很艰难。他认真观摩学习这方面的成功的画作，慢慢摸索。这个过程虽然很艰难，但是他觉得很值得。他认识到，只要耐得住寂寞，沉下心来，功力就会不断长进。那段时间，他每天早上都会去植物园摘一朵山茶花放到瓶子里，静静地观察，细心地临摹。

植物科学画既要求精准地反映植株和器官的形态特征，把高倍显微镜下的影像真实地复原出来，同时又要求与艺术融为一体，给人以审美的愉悦感。将干枯的标本化为纸上的生动形象，绝非易事，首先必须遵照标本，其次还要熟悉活体特征。这就离不开去野外大量写生。在当初一起入所的画师中，曾孝濂是最爱跑野外的人，野外工作条件艰苦，有人避之唯恐不及，唯独他主动向领导申请。在高山丛林里，他面对目标长时间地观察，一遍遍地描摹。有些习性特殊的植物如绿绒蒿，只生长在海拔3000米到5000米的高山上，这里空气稀薄，曾孝濂只能在缺氧状态下，坚持着完成绘画。

在野外作画，麻烦是多方面的。曾孝濂说，风侵雨袭、寒暑凌逼不用说了，他还经常会遭遇蚂蚁、蚂蟥、马蜂、马鹿虻等昆虫的叮咬，不胜其扰。最多的一次，一天内有42只蚂蟥钻进衣服里，渗出的血甚至直接将衣服和皮肤粘在了一块。

画花的难度，还在于它的时效性。因为花会随着时间的流逝不断变化，所以花从摘下来的那一刻，就进入了绘画的倒计时，为了准确表达出它瞬间的状态和素描关系，必须在合适的时间内画出来，过快和过慢都不行。因此，时机的把握至关重要。经过摸索，曾孝濂想到了新的办法，他一个花瓣一个花瓣地画，最后再把各种元素组合起来。但是这种画法也非常耗时间，一拿起笔来就要从早画到晚，一边观察一边临摹，甚至连喝水上厕所的工夫都没有。但就是凭借着这种超负荷的工作方式，曾孝濂画了几个月后，功力大大提升。

到了正式创作阶段，曾孝濂画得更认真。每画一张图，他都会先打一个草稿，给分类学家看，看完确认了再上钢笔稿。在这一遍遍的积累过程中，他对画面的表现形式和线条的结构等，都有了基本的掌握。

对于植物绘画，曾孝濂有着自己深入而系统的见解。

他十分认同近代植物分类学奠基人林奈的一句话："每个物种发出一个自己的音符，然后这些音符汇合成一首气势恢宏的生命之歌。"这种理解，成为一股强大的内在动力，让他长久地痴迷和沉浸其中。数十年的创作实践，也让他产生了很多深刻的感悟。譬如：必须要对所描画的植物的形态特征和它与周边环境的关系有准确的把握，如果这点做不到，哪怕素描功底再好，色彩关系再好，也不会成功；植物绘画没有门派之分，凡是写实主义手法，无论古今中外，都可以拿来使用和借鉴，博采众长、兼收并蓄、多元共存。

在曾孝濂看来，比上述这些认识更为重要的一点，是生物绘画绝对不是冷漠地再现对象，而是要热情地讴歌它们。在他看来，"一花一鸟皆生命，一枝一叶总关情"。

正是有这般真挚的情感融入，他才能在野外写生的经历中，深刻地感受到大自然的内在魂魄和灵性。他曾经这样写道：

每天都在兴奋当中度过，感到造物主的鬼斧神工。热带雨林多层次、多种类，有各种植物、动物、微生物，它们共同组成一个完整的群落。它们互相竞争，也互相依存。经过漫长岁月的磨合，构成一个复杂的生态系统。每一个生命都有自己的位置，犹如一个交响乐队，各自演奏不同的音符，合成一场气势恢宏的天籁之声。人类不是大自然的主宰，也不是清高的旁观者，他们也是其中的一员。当你置身其中，会将所有纠结和烦恼都置之度外。那一段经历对我的生物知识和价值取向起了非常大的作用。

曾孝濂几十年来绘制的植物画，加起来已经超过了2000幅。他对自己年轻时的职业选择从不后悔，相反，十分满意和快乐。"单调里面蕴含着丰富，我感到非常知足。"因此，即使在条件最艰苦的时候，曾孝濂也依然甘之如饴。

2017年，在生日来临之际，曾孝濂信手写下一篇短文，简要概括自己的绘画人生，言语平实，却意蕴丰厚：

信手涂鸦一顽童，机缘巧合入画途，以腊叶标本为依据，为植物志画插图。世人多不屑一顾，我偏觉得味道足。既要坐得冷板凳，也要登得大山头。时而心猿意马闯深山老林，领略狂野之壮美；时而呆若木鸡静观花开花落，澄怀味象感悟生命之真谛。动静之间寻觅灵感之沃土。以勤补拙，死抠硬磨，练就无法之法。凝花鸟树木于笔端，哄慰自己，也给观者留下些许回味。随意而安，尽力而为，平平淡淡，自得其乐。

回首往事，曾孝濂经常教育自己的学生要坐得住冷板凳。他说：

除了有几年时间在西双版纳做野外工作，我大部分时间都是在标本馆。没有这种修炼，你的心就不能很专注；无法排除世俗的干扰，你就会坚持不下去。

这一番话语重心长。它是夫子自道，更是从事这一行当的真谛。

《百兼杂感随忆》，吴征镒，科学出版社，2008 年。

《北平研究院植物学研究所史略》，胡宗刚，上海交通大学出版社，2011 年。

《不该忘记的胡先骕》，胡宗刚，长江文艺出版社，2005 年。

《陈焕镛纪念文集》，中国科学院华南植物研究所，1995 年。

《芳兰葳蕤——中国科学院植物研究所建所九十周年（1928 − 2018）》，中国科学院植物研究所，2018 年。

《笺草释木六十年——王文采传》，胡宗刚，上海交通大学出版社、中国科学技术出版社，2013 年。

《静生生物调查所史稿》，胡宗刚，山东教育出版社，2005 年。

《旷世巨著——〈中国植物志〉编纂完成》，夏振岱，《中国基础科学》，2006 年第 2 期。

《王文采口述自传》，王文采口述、胡宗刚访问整理，湖南教育出版社，2009 年。

《我所经历的〈中国植物志〉三十年》，崔鸿宾，《中国科技史杂志》，2008 年第 1 期。

《吴征镒自传》，吴征镒述、吕春朝记录整理，科学出版社，2014 年。

《一代师表　风范永存——记刘慎谔教授》，王战等，《植物杂志》，1997 年第 6 期。

《植物分类学》，陆树刚，科学出版社，2015 年。

《中关村回忆》，蔡恒胜、柳怀祖等，上海交通大学出版社，2011 年。

《中国科学院植物研究所志》，《中国科学院植物研究所志》编纂委员会，高等教育出版社，2008 年。

《中国植物志编纂史》，胡宗刚、夏振岱，上海交通大学出版社，2016 年。

2018年9月28日，我有幸参加了中国科学院植物所纪念建所90周年的报告会。

正值京城一年中最好的金秋季节，西郊香山，天空蔚蓝，阳光灿烂，空气清新馥郁。放眼望去，植物所花园一样的庭院内，绿树葱茏，百花绽放，远近高低，一派勃勃生机，令人心旷神怡。

那天，报告厅内济济一堂，座无虚席。会议从上午九点正式开始，到约十一点一刻结束，自始至终，没有一个人中途离开。耄耋高龄的长者，活力四射的青年，都聚精会神地聆听着多位专家的发言，时常有会心的笑容和赞许的掌声。我参加过各种类型的研讨会、庆祝会等，像这样的情况是很少遇到的。我想，这首先是出于他们对这个集体、这项事业的虔敬和热爱之心。

在这个场合，我第一次见到早已知晓名字的一些人：马克平原所长、汪小全所长、洪德元院士、匡廷云院士……他们或者介绍植物所的各项工作，或者谈到自己的科研情况，但都对植物所的未来发展，寄予了诚挚的期望。好几个登上讲台发言的人，都幽默地自称是"植物人"，引发了现场的一片笑声。

其时，正式写作还没有开始，我尚在寻找和阅读一些有关的材料。这个课题所关联的漫长的历史，众多的人物，陌生复杂的知识体系，错综繁杂的头绪，时常让我感到困惑，有一种无所适从的迷茫感。但从这次纪念活动现场感受到的气氛，却的确有益于我的写作。他们对于自己事业的热情和投入，让我受到了感染，很大程度上驱散了畏难退缩的情绪。

而随着工作的进一步深入，随着对相关材料的爬梳剔抉，对几位当事人的采访，这一切也越发获得了印证。而一项浩大而漫长的伟大工程的历程和轮廓，也在这个过程中，逐渐显现，慢慢成形。那些人物和他们的事迹感动了我，让我意识到，用文字将这一切记录描绘下来，是一件很有价值、十分重要的事情。

我非常清楚，对于这样一项足以彪炳千秋的科研建树，这本十几万字的小书，只能说是一种十分简略的概括。受到种种主客观因素的限制，目前我也只能做到这样的程度了。一定还会有许多精彩的内容未能写进书中，殊为遗憾。但如果它对所述主要事件的交代还算清楚，对最重要的史实不曾遗漏，对蕴含其中的人们的情感精神的揭示和表达尚属准确和到位，那么，这一番劳作，也就应该能够具备某种价值，而作为作者，我也就能够感到一种慰藉了。

简单写下这些，聊作后记。

彭程

2019年6月

1978年前后，在方毅同志的支持下，《哥德巴赫猜想》《小木屋》《胡杨泪》等一批反映科学家和科技创新的报告文学作品相继问世，引起了强烈的社会反响。这些被人们认为反映了"科学的春天"到来的激越文字，已经或依然在影响着很多人的人生选择。

2013年5月，中国科学院启动了新一轮机关管理体制改革，成立了科学传播局。在传播局的战略规划中，明确提出要创作一批反映科技创新、歌颂科技工作者的高质量文化产品，争取可以传世。在中国作家协会副主席白庚胜同志、中国科学院文联主席（现任名誉主席）郭日方同志、中国科学院科学传播局局长周德进同志的倡议下，这一想法明确为创作出版一套反映新中国科技成就的报告文学作品。由此，中国科学院、中国作家协会、中国科学技术协会三方达成联合创作一套大型报告文学作品的高度合作共识。2015年1月，中国科学院、中国作家协会、中国科学技术协会主要领导联合会签工作方案，正式将其定名为"'创新报国70年'大型报告文学丛书"。

276

　　知易行难。经选题遴选、作家推荐、研究所对接，到2015年11月13日，"创新报国70年"大型报告文学丛书项目举行第一批选题签约仪式，6项选题正式开始创作。其后，项目进入稳步有序的推进阶段，先后组织了4批选题的编创工作。

　　这是一个跨部门、大联合、大协作的项目，从工作设想到一字一句落墨定稿，数百人为之操劳奔走，为之辛苦不眠，为之捻断髭须。在选题、作家遴选阶段，中国科学院12个分院近60家院属单位提交了选题方向建议，多家研究所主动联系项目办公室，希望承担选题创作支撑任务；白春礼、侯建国、钱小芊、白庚胜、谭铁牛、王春法、袁亚湘、杨国桢、万立骏、陈润生、周忠和、林惠民、顾逸东、王扬宗、彭学明等20余位院士、专家直接参与统筹指导、选题遴选工作，为从根源上保障丛书水准出谋划策；中国作家协会、中国科学技术协会给予项目高度支持，细心考虑多方因素，源源不断地推荐最合适的优秀作家，提供强有力的支撑。

　　在调研创作阶段，30余位作家舟车劳顿，不辞辛劳深入科研一线调研采访，深挖一人一事。以"青藏高原科学考察项目""东亚飞蝗灾害综合治理""顺丁橡胶工业生产新技术""灾后心理援助十周年纪实""从人工全合成牛胰岛素研究到人工全合成核糖核酸研究""从'黄淮海战役'到'渤海粮仓'""包头、攀枝花、金川综合开发项目""中国植物分类学发展与植物志书编纂""中国科大'少年班'""李佩先生相关事迹"为代表的选题，因涉及年代较为久远，跨越了一代甚至几代人的时光，部分重大工程参与单位遍布全国，部分中国科学院外单位甚至已经取消或重组，探访困难。纪红建、陈应松、薛媛媛、秦岭、铁流、李鸣生、杨献平、彭程、李燕燕、冯秋子等作家，在选题依托单位的支持下，以科研成果为中心，不囿于门户，尽最大可能遍访相关单位和亲历者，尊重历史、尊重科学的初心始终如一。以"从'望洋兴叹'到'走向深海大洋'""从无缆水下机器人研究到'蛟龙'号载人深潜器""猕猴桃属植物资源保护、种质创新及新品种产业化""我国两栖动物资源'国情报告'""中国泥石流研究""文章写在大地上——植物学家蔡希陶""中国北方沙漠化过程及其防治""冻土与沙漠地区工程建设支持西部发展""唤醒盐湖'沉睡'锂资源""澄江生物群和寒武纪大爆发"为代表的选题，采访、调研的客观条件较为恶劣。许晨、徐剑、李青松、裘山山、葛水平、李朝全、毛眉、李春雷、马步升、董立勃等作家，出远海、访林间、探深山、翻石冈、巡雨林、穿沙漠、过盐湖，亲历一线采风，与科研人员同吃同住同工作，以自己的亲身见闻，撰写出最生动的文章。而以"北京正负电子对撞机及二期改造工程""核聚变领跑记：中国的'人造太阳'""从黄土到季风""载人航天工程空间科学与应用""大气灰霾的追因与控制""高福院士和他的病毒免疫学团队""强激光技术""'中国天眼'及南仁东先生事迹"为代表的选题，涉及大量晦涩难懂的基础科学研究及其前沿进展。叶梅、武歆、冯捷、周建新、哲夫、张子影、蒋巍、王宏甲等作家克服极大困难，"跨界"学习自己所不熟悉的科学知识，甚至成了相关领域的"半个专家"。与此同时，中国科学院下属30余家科研院所逾百位分管领导和工作人员任劳任怨、尽职尽责，为作家创作提供支撑保障。如西北生态环境资源研究院办公室副主任岳晓，曾十余次陪同作家前往一线采访，包括环境艰苦恶劣的青海格尔木站和北麓河站（海拔4800米）、宁夏中卫沙坡头站、新疆天山冰川站和阿勒泰站等。

在审读定稿阶段，科学界、文学界近150位专家参与审读工作，为高质量作品的诞生提供有力保障。"冯康先生及其家族对中国科学技术的贡献"选题作家宁肯在书稿初稿创作完成后，秉着精益求精的态度，充分尊重各方建议，先后进行了三次重大调整，所付出的精力与调研创作时不相上下。"周立三先生对我国国情研究的贡献"选题作家杜怀超对作品反复打磨，根据审读意见不断修改完善，对笔误也一一审校订正，力争做到尽善尽美。

"创新报国70年"大型报告文学丛书的创作出版工作，已历时五年。这五年中，科学与文学相互激荡、科学家与文学家激情碰撞。这些"碰撞"，也成为开展工作的难点所在。例如，书稿标题的拟定，是应当更平实，还是更富文学性？一项科研工作，是应当尽可能全面展示，还是选取最具可读性的片段施以浓墨重彩？一个或多个工作团队中，应当展现什么人物？又该重点展示这些人物的哪些方面？凡此种种，在成稿之前，作家和科研人员都展开了无数轮"激烈"讨论，经过多方考虑才达成一致。这些或大或小的"碰撞"，在编写过程中，是大家的焦虑所在；在最终呈现给大家的这套书中，也许将是最精华之所在。处理或有不周，但作为一种"跨界"的磨合，相信读者会读出不一样的精彩。

"创新报国70年"大型报告文学丛书项目办公室设在中国科学院科学传播局，联合中国作家协会创联部、中国科学技术协会调宣部共同开展统筹协调工作。项目执行单位先后设在中国科学院计算机网络信息中心、中国科学院文献情报中心。前前后后，数十人为之操劳奔忙，他们是中国科学院的杨琳、胡卉、储姗姗、李爽、陈雪、崔珞、王峥、孙凌筱、张颖敏、岳洋，中国作家协会的高伟、范党辉、孟英杰，中国科学技术协会的孟令耘等。这个团队持续跟踪选题创作和审读进展，及时发现问题、解决问题，付出了大量的时间和精力，保障了丛书的顺利出版。

感谢中国作家协会、中国科学技术协会、中国科学院以及浙江教育出版社的精诚合作，感谢各位专家、作家和工作人员对此项工作的辛勤付出，相信"创新报国70年"大型报告文学丛书的出版能够有力地传承科学文化，推进科技与人文融合发展，弘扬社会主义核心价值观和新时代科学家精神，为实现中华民族伟大复兴的中国梦发挥出独特作用。

"创新报国70年"大型报告文学丛书项目组

2019年6月

图书在版编目（CIP）数据

草木葱茏 / 彭程著. -- 杭州：浙江教育出版社，
2020.7
（"创新报国70年"大型报告文学丛书）
ISBN 978-7-5722-0261-2

Ⅰ.①草… Ⅱ.①彭… Ⅲ.①报告文学－中国－当代
Ⅳ.①I25

中国版本图书馆CIP数据核字(2020)第083727号

"创新报国70年"大型报告文学丛书

草木葱茏
CAOMU CONGLONG

彭程 著

策　　划：周　俊
责任编辑：江　雷　赵英梅　范慧英
责任校对：余晓克
责任印务：沈久凌
出版发行：浙江教育出版社
　　　　　（杭州市天目山路40号　电话：0571-85170300-80928）
图文制作：杭州林智广告有限公司
印刷装订：浙江海虹彩色印务有限公司
开　　本：635 mm×965 mm　1/16
印　　张：18.5
字　　数：176 000
版　　次：2020年7月第1版
印　　次：2020年7月第1次印刷
标准书号：ISBN 978-7-5722-0261-2
定　　价：58.00元

如发现印装质量问题，影响阅读，请与本社市场营销部联系调换，
电话：0571-88909719